AF204746

Tucholsky Wagner Zola Scott Sydow Freud Schlegel
Turgenev Wallace Fonatne
Twain Walther von der Vogelweide Fouqué Friedrich II. von Preußen
Weber Freiligrath Frey
Fechner Fichte Weiße Rose von Fallersleben Kant Ernst Frommel
Richthofen
Hölderlin
Fehrs Engels Fielding Eichendorff Tacitus Dumas
Faber Flaubert
Maximilian I. von Habsburg Fock Eliasberg Zweig Ebner Eschenbach
Feuerbach Eliot Vergil
Ewald
Goethe London
Mendelssohn Balzac Shakespeare Elisabeth von Österreich
Lichtenberg Rathenau Dostojewski Ganghofer
Trackl Stevenson Doyle Gjellerup
Mommsen Tolstoi Lenz Hambruch
Thoma Hanrieder Droste-Hülshoff
Dach Verne von Arnim Hägele Hauff Humboldt
Reuter Rousseau Hagen Hauptmann Gautier
Karrillon Garschin Defoe Baudelaire
Damaschke Descartes Hebbel
Hegel Kussmaul Herder
Wolfram von Eschenbach Dickens Schopenhauer Rilke George
Bronner Darwin Melville Grimm Jerome
Campe Horváth Aristoteles Bebel Proust
Bismarck Vigny Voltaire Federer Herodot
Gengenbach Barlach Heine
Storm Casanova Tersteegen Grillparzer Georgy
Chamberlain Lessing Langbein Gilm Gryphius
Brentano Lafontaine
Strachwitz Claudius Schiller Kralik Iffland Sokrates
Katharina II. von Rußland Bellamy Schilling
Gerstäcker Raabe Gibbon Tschechow
Löns Hesse Hoffmann Gogol Wilde Vulpius
Luther Heym Hofmannsthal Gleim
Roth Klee Hölty Morgenstern Goedicke
Luxemburg Heyse Klopstock Puschkin Homer Kleist
La Roche Horaz Mörike Musil
Machiavelli Kierkegaard Kraft Kraus
Navarra Aurel Musset
Nestroy Marie de France Lamprecht Kind Kirchhoff Hugo Moltke
Laotse Ipsen Liebknecht
Nietzsche Nansen Marx Ringelnatz
von Ossietzky Lassalle Gorki Klett Leibniz
May vom Stein Lawrence Irving
Petalozzi Knigge
Platon Pückler Michelangelo Kafka
Sachs Poe Liebermann Kock
de Sade Praetorius Mistral Zetkin Korolenko

Der Verlag tradition aus Hamburg veröffentlicht in der Reihe **TREDITION CLASSICS** Werke aus mehr als zwei Jahrtausenden. Diese waren zu einem Großteil vergriffen oder nur noch antiquarisch erhältlich.

Symbolfigur für **TREDITION CLASSICS** ist Johannes Gutenberg (1400 — 1468), der Erfinder des Buchdrucks mit Metalllettern und der Druckerpresse.

Mit der Buchreihe **TREDITION CLASSICS** verfolgt tradition das Ziel, tausende Klassiker der Weltliteratur verschiedener Sprachen wieder als gedruckte Bücher aufzulegen – und das weltweit!

Die Buchreihe dient zur Bewahrung der Literatur und Förderung der Kultur. Sie trägt so dazu bei, dass viele tausend Werke nicht in Vergessenheit geraten.

Die Glücksritter

Erzählung (1841)

Joseph Freiherr von Eichendorff

Impressum

Autor: Joseph Freiherr von Eichendorff
Umschlagkonzept: toepferschumann, Berlin

Verlag: tradition GmbH, Hamburg
ISBN: 978-3-8424-0710-7
Printed in Germany

Ziel der TREDITION CLASSICS ist es, tausende deutsch- und
fremdsprachige Klassiker wieder in Buchform verfügbar zu
machen. Die Werke wurden eingescannt und digitalisiert. Dadurch
können etwaige Fehler nicht komplett ausgeschlossen werden.
Unsere Kooperationspartner und wir von tredition versuchen, die
Werke bestmöglich zu bearbeiten. Sollten Sie trotzdem einen Fehler
finden, bitten wir diesen zu entschuldigen. Die Rechtschreibung der
Originalausgabe wurde unverändert übernommen. Daher können
sich hinsichtlich der Schreibweise Widersprüche zu der heutigen
Rechtschreibung ergeben.

Text der Originalausgabe

Josef Freiherr von Eichendorff

Die Glücksritter

Erzählung (1841)

Suppius und Klarinett

Der Abend funkelte über die Felder, eine Reisekutsche fuhr rasch die glänzende Straße entlang, der Staub wirbelte, der Postillon blies, hinten auf dem Wagentritte aber stand vergnügt ein junger Bursch, der, im Wandern heimlich aufgestiegen, bald auf den Zehen lang gestreckt, bald sich duckend, damit die im Wagen ihn nicht bemerkten. Und hinter ihm ging die Sonne unter und vor ihm der Mond auf, und manchmal, wenn der Wald sich teilte, sah er von ferne Fenster glitzern im Abendgold, dann einen Turm zwischen den Wipfeln und weiße Schornsteine und Dächer immer mehr und mehr, es mußte eine Stadt ganz in der Nähe sein. Da zog er geschwind die Ärmel seines Rocks tiefer über die Handgelenke, denn er hatte ihn ausgewachsen, auch war derselbe schon etwas dünn und spannte über dem Rücken. Im Walde neben ihm aber war ein großes Gefunkel und Zwitschern und Hämmern von den Spechten, bald da, bald dort, als wollten sie ihn necken, und die Eichkätzchen guckten um die Stämme nach ihm, und die Schwalben kreuzten, jauchzend über den Weg: «Kiwitt, kiwitt, was hat dein Rock für einen schönen Schnitt!

So gings wie im Fluge fort, es wurde allmählich dunkel, jetzt klangen schon deutlich die Abendglocken über den Wald herüber. «Sind wir bald dort?» fragte eine wunderliebliche Stimme aus dem Wagen. – «Gleich, gleich», antwortete rasch der Bursch, der sich in der Freude vergessen; da bemerkten sie ihn erst alle. «Wart, ich will dir herunterhelfen!» rief der Postillon und hieb mit der Peitsche zurück nach ihm, eine Hand haspelte eifrig von innen am Wagenfenster. Indem aber fuhren sie eben an einer Gartenmauer hin, über die der Ast eines Apfelbaumes weit herauslangte, der Bursch hatte ihn schon gefaßt und schwang sich behend auf die Mauer und von der Mauer auf den Baum. Darüber öffnete sich das Glasfenster der Kutsche, ein junges Mädchengesichtchen guckte neugierig hervor. «Gott, wie ist die schön!» rief der Bursch und schüttelte aus Leibeskräften den Baum vor Lust, daß der Wagen im Vorbeifliegen ganz von Blüten verschneit war. Über dem Schütteln aber flog ihm droben der Hut vom Kopf, er wollte ihn haschen, darüber verlor er sein Bündel, und eh er sichs versah, fuhren Hut und Bündel und Bursch prasselnd zwischen den Zweigen in den fremden Garten hinab.

Jetzt tats plötzlich unten einen lauten Schrei, er aber erschrak am allermeisten, denn als er aufblickte, bemerkte er in der Dunkelheit eine Dame und einen Herrn dicht vor sich, die dort zu lustwandeln schienen. Da ruft ihm aber zu seinem großen Erstaunen auch schon der Herr lachend entgegen: «Nun, endlich, endlich, willkommen!» und: «Wir haben schon recht auf Sie gewartet», sagt die Dame. Der Bursch, ohne sich in der Konfusion lange zu besinnen, macht ein Kompliment und erwidert: Sein Kurier wäre an allem schuld, der hätte zur Unzeit mit der Peitsche geschnalzt, da habe sein Roß einen erstaunlichen Satz gemacht, daß er mit der Frisur am Aste hängen geblieben; so habe er in der Geschwindigkeit die Gartentür verfehlt – und den rechten Ton getroffen, meinte die Dame, Sie spielen zum Entzücken. – «Bloß das Klarinett ein wenig», sagte der Bursch verwundert. – «Aber wo bleibt denn dein Schatz?» fragte der Herr wieder. «Schatz?» – entgegnete der Bursch – «oh, die kommt mir mit Extrapost nachgefahren wie eine Ananas im Glaskasten.» – Und wahrhaftig, als er unter den dunkeln Bäumen umherschaute, sah er seitwärts am Gartentor den Wagen, den er kaum verlassen, soeben im hellen Mondschein stillhalten. Aber die andern bemerkten es nicht mehr, sie waren schon lachend vorausgeeilt. «Er ist da, Herr Klarinett ist da!» riefen sie und sprangen nach dem Hause im Garten, daß der taftene Reifrock der Dame im Winde rauschte.

Indem aber hüpft auch das hübsche Frauenzimmer am Tor schon aus dem Wagen und gleich hinter ihr ein junger Mensch, schlank, gesellenhaft, ein Bündel auf dem Rücken; die streichen im Dunkel an dem Burschen, der nicht weiß, wie ihm geschieht, schnell vorüber gerade nach dem Hause hin, und wie sie ankommen, geht eben die Haustür auf, ein Glanz von Lichtern schlägt blendend heraus, drin sumst und wimmelt es ordentlich vor Gesellschaft. Da, Herr Klarinett und sein Schatz – und süperb und tausendwillkommen, hört der Bursch von dem Hause, drauf noch ein großes Scharren und Komplimentieren auf der Schwelle, dann klappt auf einmal die Saaltür hinter dem ganzen Jubel zu, und der Bursch stand wieder ganz allein draußen in der Nacht.

Das ärgerte ihn sehr, denn wußt er gleich in der Finsternis nicht recht, wo eigentlich Fortunas Haarzopf hier flatterte, so hatte er ihn doch fast schon erwischt und sah nun unschlüssig zwischen einem Holunderstrauch hervor. Da eilt plötzlich ein galonierter Bedienter dicht an ihm vorüber, und in demselben Augenblick öffnet sich leise seitwärts ein Fensterchen und: «pst, pst, bist du's?» reicht ein weißer Arm fix eine Flasche Wein heraus. Der Bursch, nicht zu faul, langt schnell nach der Flasche, der Bediente, der soeben der prächtigen Felsentorte, die er nach dem Hause trug, heimlich zugesprochen, hatte beide Backen voll und konnte weder gleich reden noch zugreifen. Und eh er sich noch besinnt, hat der Bursch auch schon der Torte das Dach eingeschlagen und schiebt sie zur Flasche in den Schubsack, das ging alles so still und rasch hintereinander, daß man's nicht so geschwind erzählen kann. Nun aber bekam der Bediente endlich Luft und schrie: «Diebe, Spitzbuben!» Das Frauenzimmer am Fensterchen kreischte, ein Hund schlug im Garten an, mehrere Türen im Hause flogen heftig auf. Der Bursch indes war quer durchs Gesträuch schon am andern Ende des Gartens. Kaum aber hatte er beide Beine über den Zaun geschwungen, so schreits schon wieder draußen: «Wer da!» neben ihm. Er, ohne Antwort zu geben, mit den dickgeschwollenen Rocktaschen über ein frischgeackertes Feld immerfort, daß der Staub flog, zwei Kerls mit langen Stangen hinter ihm: «hallo! und fangt den Schnappsacksspringer!» und Gärten rechts und Gärten links, so stürzten endlich alle miteinander durch ein altes Tor unverhofft mitten in eine Stadt herein.

Hier wäre er ihnen um ein Haar entwischt, denn er hatte einen guten Vorsprung und flog eben in ein abgelegenes Seitengäßchen, aber das war zum Unglück eine Sackgasse, dort trieben sie ihn hinein und warfen ihm ihre Stangen nach den Füßen, worüber in der ganzen Gegend ein großes Verwundern und Tür- und Fensterklappen entstand. Da trat aber plötzlich ein langer Mann in einem zottigen Mantel um die Ecke, wie ein Tanzbär in Stiefeln, der faßte, ohne ein Wort zu sagen, den einen Häscher am Genick, den andern an der Halsbinde, warf den dahin, den dorthin, riß dem dritten seine Stange aus der Hand und versetzte damit dem vierten, der etwas dick war und nicht so geschwind entspringen konnte, einen Schlag über den breiten Rücken, und in einem Augenblick war alles auseinandergestoben und der Platz leer. Nun wetzte er die eroberte Stange, die unten mit Eisen beschlagen war, kreuzweise auf dem Pflaster, daß es Funken gab, und rief zu wiederholten Malen: «Hoho, sind noch mehrere da, die Prügel haben wollen?» Da sich aber niemand weiter meldete, so nahm er die Stange, die er einen Bleistift nannte, unter den einen Arm und den Burschen unter den andern und führte ihn über die Straße fort. Unterwegs, als dieser sich wieder etwas erholt und nach allen Seiten umgesehen hatte, fragte er endlich, was denn das für eine Stadt sei? – «Das wird Halle geheißen», erwiderte jener.

So kamen sie an ein kleines Haus und über eine enge Treppe, wo der Graumantel mit seinen ungeheuren Reiterstiefeln mehrmals stolperte, in eine große, wüste Stube, in der eine Öllampe verwirrte Scheine über die kahlen Wände und in die staubigen Winkel umherwarf. Der alte Student (denn das war der im Mantel) warf, wie er eintrat, seinen Bleistift mitten in die Stube und zog mühsam das Docht der halbverloschenen Lampe zurecht; da tauchte nach und nach allerlei Gerümpel ringsher aus der Dämmerung: ein ausgetrocknetes Tintenfaß, leere Bierflaschen, die als Leuchter gedient, Rapiere und ein alter Stiefel daneben, da hatt er seine Wäsche drin. Er selbst aber nahm sich, so bei Licht besehen, ziemlich graulich aus: große, weitherausstehende Augen, eine lederne Kappe auf dem zerzausten Kopf, einen Strick um den Leib und lauter Bart wie ein Eremit.

Als er mit der Lampe fertig war, reckte er sich zufrieden, daß ihm alle Glieder knackten. «Ach», sagte er, «solche Motion tut not, wenn man so den ganzen Tag über den Büchern hockt.» – Der Bursch sah sich überall um, aber es war kein Buch zu sehen. – Drauf wandte der Student sich zu ihm: «Aber Fuchs, bist du denn des Teufels», sagte er, «gleich zwischen Spießen und Stangen hier mit der Tür ins Haus zu brechen!» – «Zerbrochen?» entgegnete der Bursch, erschrocken nach seinem Schuhsack greifend, «nein, da ist die ganze Bescherung.» Mit diesen Worten brachte er Flasche und Torte aus den

Taschen hervor. Als der Student das sah, fragte er nicht weiter nach dem Herkommen, sondern verbiß sich, obgleich es fast über Mitternacht war, sogleich mit so erstaunlichem Appetit in die Felsentorte, daß ihm die Trümmer über den Bart herabkollerten. «Wie heißt du denn?» fragte er dazwischen. – Der Bursch, ohne sich lange zu bedenken, erwiderte: «Klarinett.» – «Hm, ein guter Klang», meinte der Student. Dann griff er nach dem Wein, und da kein Glas da war, trank er ihm aus der Flasche zu: «Daß dich der Donner erschlage Klarinett, wenn du nicht ein ordentlicher Kerl wirst! Überhaupt», fuhr er, sich den Bart wischend, fort, «wenn du studieren willst, da mußt du die Bücher in die Nase – wollt sagen die Nase in die Bücher stecken und Cajo, Cujacio und allen den schweinsledernen Kerls auf den Leib gehen und wenn sie noch so dick wären!»

«Aber», fiel ihm hier der Bursch ins Wort, «ich bin ja gar kein Student, sondern eigentlich ein wandernder Musikus.»

«Was, ein Musikant?» rief der Student, «was spielst du?» – «Das Klarinett.» – «Oho», sagte er, «du pfeifst also deinen eignen Namen wie der Kuckuck.» Hier ging er, wie in reiflicher Überlegung, mit langen Schritten ein paarmal im Zimmer auf und nieder, dann blieb er plötzlich vor dem Burschen stehen und vertraute ihm, wie er eine große heimliche Lieb gefaßt hätte seit langer Zeit zu einer vornehmen Dame hier im Ort; er wüßte aber nicht, wie sie hieße, sondern ginge nur zuweilen an ihrem Hause vorüber, wo sie mit ihrem dicken Kopfzeug wie eine prächtige Hortensia am Fenster säße, aber sooft er unter die Fenster käme, hörte er bloß ein angenehmes Flüstern droben und sähe nichts als weiße Arme flimmern und Augen funkeln durch die Blumen.

Der Bursch versetzte darauf, er solle sich nur etwas besser herausputzen bei solchen Gelegenheiten. – Der Student sah an sich herunter, schüttelte den Kopf und schien ganz zufrieden mit seinem Aufzuge. Dann sagte er, er hätte schon lange die Intention gehabt, vor ihren Fenstern eine Serenade aufzuführen, aber seine Kommilitonen könnte er dazu nicht brauchen, die würden ihn auszustechen suchen bei ihr; nun aber wolle er ihr morgen abend das Ständchen bringen, da sollte der Bursch mit blasen helfen.

Dieser war damit zufrieden, und nun sollte auch sogleich die Serenade eingeübt werden. Der Student nahm voller Eifer ein Waldhorn von der Wand, staubte es erst sorgfältig ab, setzte ein wacke-lichtes Notenpult unter Zorn und Fluchen, weil es nicht feststehen wollte, mitten in der Stube zurecht, legte die Notenbücher drauf, und beide stellten sich nun einander gegenüber und fingen mit großer Anstrengung ein sehr künstliches Stück zu blasen an. Dar-über aber war bei der nächtlichen Stille nach und nach die ganze Nachbarschaft in Aufruhr geraten. Ein Hund fing im Hofe zu heu-len an, drauf tat sich erst bescheiden ein Fenster gegenüber auf, dann wieder eins und endlich unaufhaltsam immer mehrere vom Keller bis zum Dach und dicke und dünne Stimmen durcheinander, alles schimpfte und zankte auf die unverhoffte Nachtmusik. Zuletzt wurde es doch dem Studenten zu toll, er warf voller Wut das Horn weg, ergriff ein altes, verrostetes Pistol vom Tisch und drohte zum offenen Fenster hinaus, den Zipfel von jeder Schlafmütze herabzu-schießen, die sich ferner am Fenster blicken ließe. Da duckten auf einmal alle Mausköpfe unter, und es wurde wieder stille draußen, nur der Hund bellte noch ein Weilchen den Mond an, der prächtig über die alten Dächer schien.

Der Student aber, sich den Schweiß von der Stirn wischend, streckte sich nun ganz ermüdet der Länge nach auf das zerrissene Sofa hin, Klarinett sollte sichs auch kommode machen, aber es war nur ein einziger Stuhl in der Stube, und als er ihn angriff, ging die Lehne auseinander. Da wies der Student auf einen leeren Koffer neben dem Kanapee, dann verlangte er gähnend, Klarinett sollte ihm seinen Lebenslauf erzählen, damit er ihm danach gute Rat-schläge für sein weiteres Fortkommen erteilen könnte.

Der Bursch schoß einen seltsamen, scharfen Blick herüber, als wollt er erst prüfen, wieviel er hier vertrauen dürfte, dann rückte er sich auf seinem Koffer zurecht und begann nach kurzem Besinnen: «Ich weiß nicht, ob mein Vater ein Müller war, aber er wohnte in einer verfallenen Waldmühle, da rauschten die Wasser lustig ge-nug, aber das Rad war zerbrochen und das Dach voller Lücken, in den klaren Winternächten sahen oft die Wölfe durch die Löcher ins Haus herein.

«Was lachst du denn?» unterbrach ihn hier der Student. – «Wahr-haftig», erwiderte der Bursch, «Ihr gemahnt mich heut ganz an meinen seligen Vater, wie ihn mir die Mutter einmal beschrieben hat.» «Was geht mich dein seliger Vater an», meinte der Student. Aber der Bursch fuhr von neuem lachend fort: «Es war nämlich gerade den Abend nach einer Schlacht, man hatte den ganzen Tag in der Ferne schießen hören, da ging mein seliger Vater eilig ins Feld hinaus, denn die Mühle lag seitwärts im Grunde tief verschneit; so war der Krieg darüber weggegangen. Draußen aber hatte er mancherlei Plunder im Schnee verstreut, zerhauene Wämser, Fahnen, Pickelhauben und Waffen; mein Vater konnte alles brauchen; er fuhr sogleich in ein Paar ungeheure Reiterstiefel hinein, zog hastig Pappenheimsche Kürasse, schwedische Koller und Kroatenmäntel an, eins über das andre, dabei war er in der Geschwindigkeit mit beiden Armen in ein Paar spanische Pluderhosen geraten, der Wind blies den Kroatenmantel im Freien weit auf, je mehr er zuckte und reckte, je verwickelter wurde die Konfusion von Schlitzen, Falten, flatternden Zipfeln und Quasten, und als nun meine Mutter, die eben guter Hoffnung war, ihn so haspelnd und fluchend mit ausgespreizten Armen wie einen fliegenden Wegweiser daherstreichen sah, mußte sie so darüber lachen, daß sie plötzlich meiner genas. Und in demselben Augenblick, wo ich zur Welt kam, ging draußen klingendes Spiel durch die stille Luft, die Kaiserlichen bliesen noch im Fortziehen Viktoria weit auf den Bergen, daß es lustig über den Schnee herüberklang, mein Vater meinte, das wäre ein gutes Zeichen, ich würde ein glücklicher Soldat werden. Ich selbst aber weiß mich von allem dem nur noch dunkel so viel zu erinnern, daß ich so recht still und warm in der wohlgeheizten Stube in meinen Kissen lag und verwundert die spielenden Ringe und Figuren betrachtete, welche die Nachtlampe an der Stubendecke abbildete. Das zahme Rotkehlchen war von dem ungewohnten Licht und Nachtrumor aufgewacht, schüttelte die Federn, wie wenn es auch sein Bettlein machen wollte, setzte sich dann neugierig auf die Bettlade vor mir und sang ganz leise, als wollt es mir zum Geburtstag gratulieren. Meine Mutter aber neigte sich mit ihrem schönen, bleichen Gesicht und den großen Augen freundlich über mich, daß ihre Locken mich ganz umgaben, zwischen denen ich draußen die Sterne und den stillen Schnee durchs kleine Fenster hereinfunkeln sah. Seitdem, sooft ich eine klare, weitgestirnte Winternacht sehe, bin ich immer wieder wie neugeboren.»

Hier hielt er plötzlich inne, denn er hörte soeben Herrn Suppius (so hieß der Student) auf dem Kanapee schon tüchtig schnarchen. Der Mondschein lag wie Schnee auf den Dächern, da wars ihm in dieser Stille, wie der Lampenschein so flatternd an der Decke spielte, als hörte er draußen die Wasser und den Wind wieder gehen durch die Wipfel im Wald und das Rotkehlchen wieder dazwischen singen.

Die Serenaden

Am folgenden Tage durchstrich Klarinett neugierig alle Gassen und Plätze, die der dreißigjährige Kriegssturm übel zugerichtet. Aber es gefiel ihm doch sehr, denn die ganze Stadt war jetzt wie ein lustiges Feldlager, die Studenten in schönen, unerhörten Trachten schwärmten plaudernd durch die Straßen, überall Lachen, Waffengeklirr und der fröhliche Klang der Jugend, als hätte sich mitten aus dem neuen Frieden, der nun allmählich draußen die müde Welt überzog, ein Haufen Holkscher Jäger hierhergeworfen, um die Wissenschaften zu erstürmen.

Als er endlich nach vielem Umherirren und Fragen ziemlich spät die Sackgasse wiedergefunden, traf er Herrn Suppius schon unten an der Haustür voller Unruhe wegen der verabredeten Serenade. Er hätte ihn beinahe nicht wiedererkannt, denn er hatte einen gestickten Modefrack mit steifen Schößen angezogen und eine große Wolkenperücke auf dem Kopf, wie ein Gesandter. Er quälte sich soeben voll Zorn und Eifer, einen alten Degen, der nicht passen wollte, galant anzustecken, darüber waren mehrere Locken der Perücke aufgegangen, da und dort kam sein eignes struppiges Haar darunter hervor, aber er fragte nichts darnach und stülpte einen dreieckigen Tressenhut drauf, daß es staubte, der saß ihm ganz hintenüber recht im Genick. Klarinett mußte nun auch geschwind seine besten Kleider anlegen, und als die balsamische Nacht über die verräucherten Dächer daherkam, wanderten schon beide vergnügt mit ihren Instrumenten durch die finstere Stadt. Ihre Tritte hallten in der abgelegenen Einsamkeit, nur ein Student sang noch am offnen Fenster zur Zither, mehrere Uhren schlugen verworren durch den Wind, der Nachtwächter rief eben die elfte Stunde, einige Stimmen ahmten ihn verhöhnend nach, man hörte Lärm und Gezänke in der Ferne, dann plötzlich alles wieder still. Auf einmal winkte Suppius, sie schlüpften durch eine Lücke der Stadtmauer ins Freie und standen vor einem schönen, großen Hause. Klarinett betrachtete verwundert Dach, Erker und den mondbeschienenen Garten zur Seite, er glaubte nach und nach dieselbe Villa wiederzuerkennen, wo er gestern abends angekommen; da dacht er sichs gleich, daß es wieder nicht gut ablaufen würde.

Aber alles erschien heute von einer andern Seite, sie waren in einen kleinen, winkligen Hof geraten voll Gerümpel und alter Tonnen, die Fenster im Hause waren fest verschlossen, nur die Wetterfahne drehte sich manchmal knarrend auf dem Dach, eine Katze unten funkelte sie mit ihren grünfeurigen Augen an und wand sich mit gebogenem Buckel spinnend um ihre Stiefel. «Hierheraus muß sie schlafen, halt dich nur dicht hinter mir», sagte Suppius, sein Waldhorn leise zurechtsteckend.

Kaum aber hatten sie sich zwischen den Tonnen zum Blasen zurechtgestellt, so wars ihnen, als hörten sie von der einen Seite draußen ein Pferd schnauben. Sie setzten die Instrumente ab und horchten ein Weilchen, da ließ sich gleich darauf ein heimliches Knistern im Haus vernehmen, in demselben Augenblick tat sich ein Hinterpförtchen leise auf, ein Mann, vorsichtig nach allen Seiten umschauend, trat hervor und führte ein Frauenzimmer, die zögernd folgte, schnell bei der Hand an den blühenden Sträuchern fort. Der Mond schien bald hell, bald dunkel zwischen wechselnden Wolken, da sahen sie deutlich, wie der Mann jetzt unter den hohen Bäumen die Dame auf ein Pferd hob, sich selber hinter ihr hinaufschwang, einen weiten, weißen Mantel um beide schlug und sacht und lautlos davonritt. Da warf Suppius plötzlich die leeren Tonnen auseinander, und mit einem Satz sich über den Zaun schwingend, rannte er unaufhaltsam mit entsetzlichem Geschrei übers Feld an den letzten Häusern vorüber, daß alle Hunde erwachten und die Leute erschrocken an die Fenster fuhren. Der Herr auf dem Pferde aber, da er ihn unverhofft mit seinen großen Stiefeln hinter sich so hohe, weite Sprünge machen sah, setzte die Sporen ein, und es dauerte nicht lange, so waren Roß und Reiter verschwunden.

Der Student nun, als er sie im Dunkeln verloren, blieb atemlos mitten im Felde stehen und schimpfte auf die Nacht, die alles bemäntelte, und auf den Mond, der wie eine Spitzbubenlaterne dazu leuchtete, und auf den Wind, der ihm die Wolkenperücke zerzaust, und auf Klarinett, der darüber lachte. «Aber um Gottes willen, was gibts denn eigentlich?» fragte dieser endlich ganz erstaunt. – «Was es gibt?» erwiderte Suppius zornig, «Mord, Totschlag, Entführung gibts, hast du nicht den Reiter gesehen?» – «Ja, und eine Dame.» – «Und das war just meine Liebste!» rief Suppius.

Klarinett aber, da er diese unerwartete Nachricht vernommen, lag schon der Länge nach im Grase und legte das Ohr an den Boden. «Die Luft kommt von dorther», sagte er eifrig, «ich höre noch den Klang der Huftritte von fern, jetzt schlagen die Hunde an drüben im Dorf, dort sind sie hin.» – «Gut, so steh nur rasch wieder auf», sagte Suppius und beschloß sogleich, dem Entführer weiter nachzusetzen, Klarinett sollte auch mit, er selber habe alles von Wert bei sich und in der Stadt nichts zurückgelassen als ein paar lumpige Schulden, den Weg aber, den der Räuber eingeschlagen, kenne er wie seine Tasche und wisse recht gut, wohin er führe, sie brauchten nur schnell auf der Saale sich in einen Kahn zu werfen, so kämen sie ihnen noch vor Tagesanbruch ein gut Stück voraus.

Das war dem Klarinett eben recht, und so gingen sie rasch miteinander nach dem Ufer zu. Dort fanden sie bald unter dem Weidengebüsch einen angebundenen Nachen, ein Fischer lag drin voller Gedanken auf dem Rücken, der machte große Augen, als er Herrn Suppius, den hier in der Gegend alle kannten, so martialisch auf sich zukommen sah. Suppius sagte ihm, wo sie hinauswollten, der Fischer griff stumm und verschlafen nach den Rudern, und nach einigen Minuten fuhren sie alle schon lustig die Saale hinunter. Der Wind hatte unterdes die Wolken zerstreut, da legte Suppius, der sich in der Nachtkühle wieder ein wenig beruhigt, dem Fischer gelehrt den ganzen Himmelsplan aus mit lateinischen Skorpionen, Krebsen und Schlangen und geriet, da der ungläubige Fischer von dem allen nichts wissen wollte, immer tiefer und eifriger in den Disput. Klarinett aber saß in der Einsamkeit ganz vorn im Kahn; das war eine prächtige Nacht! Sternschnuppen am Himmel, und Berge, Wälder und Dörfer am Ufer flogen wie im Traum vorüber, manchmal rauscht es leise im Wasser auf, als wollte eine Nixe auftauchen in der großen Stille, von beiden Seiten hörte man Nachtigallen fern in den Gärten. Da sang Klarinett:

> Möcht wissen, was sie schlagen
> So schön bei der Nacht,
> 's ist in der Welt ja doch niemand,
> Der mit ihnen wacht.
>
> Und die Wolken, die reisen,
> Und das Land ist so blaß,

Und die Nacht wandert leise,
Man hörts kaum, durchs Gras.

Nacht, Wolken, wohin sie gehen,
Ich weiß es recht gut,
Liegt ein Grund hinter den Höhen,
Wo meine Liebste jetzt ruht.

Zieht der Einsiedel sein Glöcklein,
Sie höret es nicht,
Es fallen ihr die Löcklein
Übers ganze Gesicht.

Und daß sie niemand erschrecket,
Der liebe Gott hat sie schier
Ganz mit Mondschein bedecket,
Da träumt sie von mir.

Jetzt glitt der Nachen durch das säuselnde Schilf ans Ufer, ein er-
leuchtetes Fenster spiegelte sich im Fluß, Klarinett erkannte nach
und nach alte Mauern und Türme und eine Stadt im Mondschein.
Suppius aber hatte ihn schon am Arme gefaßt und sprang mitten
aus seinem Diskurse ans Land. «Dort am Galgen geht der Feldweg
vorbei, den sie kommen müssen», sagte er und bezahlte rasch den
Schiffer, der gähnend wieder in die schöne Nacht hinausstieß. Die
beiden aber schritten nun sogleich durch das alte Tor, da hatte der
Krieg das Stadtwappen ausgerissen, bei der angenehmen Friedens-
zeit lag der Nachtwächter schnarchend auf der steinernen Bank
daneben, der Mond beschien hell die stille Straße mit ihren spitzen,
finstern Giebeln, draußen vom Felde hörte man fern eine Wachtel
schlagen. Als sie auf den Markt kamen, machte Suppius plötzlich
halt. «Die Stadt hat nur zwei Tore», sagte er, «von dem Brunnen
hier kann man von einem Tor zum andere sehen, die Nacht ist klar,
sie mögen nun erst ankommen oder schon drin sein, hier können sie
uns nicht entwischen.» Mit diesen Worten postierte er den Klarinett
an die eine Seite des Brunnens und setzte sich selbst von der andern
auf die steinerne Rampe, die Arme über der Brust verschlungen
und unverwandt in die Straße hinausschauend. Indem bemerkte
Klarinett noch Licht in einem schönen, großen Hause, ein tief her-
untergebrannter Kronleuchter drehte sich wie verschlafen hinter

den Scheiben, man schien soeben nach einem Tanze die Kerzen auszuputzen von einem Fenster zum andere, und bald war das ganze Haus ebenfalls dunkel bis auf ein einziges Zimmer. Da tat sich plötzlich unten eine Tür auf, und laut plaudernd, scherzend und lachend brach ein dunkles Häuflein in die kühle Stille heraus, es waren Schüler oder Musikanten mit überwachten Gesichtern, ihre Instrumente unter den Mänteln. Als sie noch das Licht oben sahen, traten sie schnell wieder zusammen, stellten sich unter das erleuchtete Fenster und fingen sogleich ein Ständchen zu blasen an, das zog wie ein goldener Traum über die schlafende Stadt. Auf einmal aber öffnete sich oben das Fenster, zwischen den rotseidenen Gardinen erschien eine schöne, schlanke Mädchengestalt und bog sich weit heraus in den Mondschein, als wollte sie zu ihnen sprechen.

«Da ist sie!» rief hier plötzlich Suppius, von dem Rande des steinernen Brunnens aufspringend. In demselben Augenblick aber faßte von hinten ein dunkler Arm das Mädchen schnell um den Leib, zog sie in das Zimmer zurück und warf hastig das Fenster zu, dann sah man noch drin an den Wänden lange Schatten wie Windmühlflügel verworren durcheinander arbeiten, und gleich darauf war auch das Licht oben ausgelöscht und alles wieder still.

Die unverhoffte Erscheinung des Suppius brachte die erschrockenen Musikanten unten ganz aus dem Konzept, einer sah den andern verwundert an, nur hier und da fuhr noch ein verlegener Ton aus, wie bei einer Orgel, der der Wind ausgegangen. Zu beiden Seiten ehrerbietig ausweichend, antworteten alle eifrig durcheinander: «Wir sinds, wir sinds, wir wollten ihnen, da sie oben noch Licht hatten, einen Willkommen blasen.» – «Wem denn?» – «Nun, ihr wißts ja, die vorhin ankamen, als wir drin zum Tanze aufspielten, der fremde Herr mit der Dame.» – «Zu Pferd, im langen Mantel?» – «Ja, die Euch so höflich grüßten, Ihr saht eben auch zum Fenster heraus.» – «Ich?» – «Freilich, und: ha das faule Hofgesind! rief der Kavalier im Hofe, wo bleibt meine Leibkarosse? Und als Ihr eben droben den Kehraus tanztet – Da möcht man ja gleich des Teufels werden! – kam auch die Karosse wirklich nach, Ihr rieft noch dem Kutscher aus dem Fenster zu, er sollt nach dem Hof fahren.» – «Wer ist hier betrunken, ich oder Ihr?» – «Ich und Ihr und wir alle für unseren Herrn Burgemeister, vivat hoch!» schrien da auf einmal die berauschten Musikanten und wollten nun den Suppius, den sie in seinen höfischen Staatskleidern im Dunkeln für den Burgemeister hielten, durchaus mit Musik nach Hause bringen. Vergebens sträubte sich der entrüstete Student, sie ließen sichs nicht nehmen, und eh er sichs versah, setzten sie sich paarweise in Ordnung und schritten, einen feierlichen Marsch spielend, quer über den Markt voran, als wollten sie die Sterne am Himmel ausblasen. In ihrem Eifer merkten sie es gar nicht, daß Suppius an einer Straßenecke hinter ihnen entwischt war; immerfort blasend, bogen sie in die finstre Gasse hinein, da wurden von allen Seiten über dem Lärm die Hunde wach, dann hörte man sie noch mit dem Nachtwächter um den verlorenen Burgemeister zanken, immer weiter und weiter, bis endlich alles zwischen den dunklen Häusern nach und nach vertoste.

Unterdes aber hatten Suppius und Klarinett, der eine schimpfend, der andre lachend, schon den offnen Hof des Wirtshauses erreicht, als ihnen eine ausgespannte Reisekutsche mit Glasfenstern und vergoldeten Schnörkeln im Mondschein prächtig entgegenglitzerte. Suppius, bei dem erfreulichen Anblick, ohne ein Wort zu sprechen, öffnete sogleich die Tür der verlassenen Kutsche, schob den verwunderten Klarinett in den Wagen und schwang sich selber hurtig nach. «So», sagte er, nachdem er das Glasfenster hinter ihnen behutsam wieder geschlossen hatte, «jetzt sitzen wir mitten in der Entführung drin, wie der fromme Äneas im hölzernen Pferde, um die geraubte Helena zu retten; der Kavalier kann nicht fahren ohne Wagen, der Wagen nicht ohne mich, und ich nicht, ohne den Kavalier und den Wagen und ganz Troja umzuwerfen.» – «Amen, Gott weiß, wer dabei zu oberst oder zu unterst zu liegen kommt», erwiderte Klarinett, dem die Bündigkeit des trojanischen Anschlages noch nicht recht einleuchten wollte. Eigentlich aber freute er sich selber sehr auf die Konfusion, die nun jeden Augenblick ausbrechen konnte.

Suppius hatte sich indes in der Finsternis des Wagens unverhofft in die seidnen Fransen und Quasten, die überall herumbommelten, verhaspelt und kam nicht aus dem Ärger. Dabei unterließ er aber doch nicht, von Zeit zu Zeit die Gardinen am Wagenfenster zurückzuschlagen und aus seinem Kastell Beobachtungen anzustellen. Das ganze Haus lag in tiefem Schlaf, nur von der einen Seite stand die Stalltür halb offen, sie hörten drin zuweilen Pferde stampfen und schnauben und einzelne Fußtritte, der Kutscher schien schon wach zu sein. Auf einmal stieß er Klarinett an. «Sieh doch», sagte er, «was ist das für ein großer Pilz da auf der Hofmauer?»

«Das wackelt ja», entgegnete Klarinett, scharf hinblickend, «ein breiter Klapphut ists, den Wind und Wetter so zerknattert haben, seht Ihr nicht die Augen darunter hervorfunkeln?»

«Wahrhaftig», bemerkte Suppius wieder, «nun hampelts und hebt sichs, Haare, Bart und Mantel verworren durcheinander gefilzt, jetzt kommt ein Bein über die Mauer.»

«Und ein Ellbogen aus dem Ärmel», meinte Klarinett.

Indem aber schwang sich die ganze Figur plötzlich von der Mauer in den Hof hinab, eine zweite folgte, lange, bärtige, soldatische Gesellen.

Beide, erst nach allen Seiten umherspähend, schlichen an die Haustür und versuchten vorsichtig zu öffnen, fanden aber alles fest verschlossen. Suppius und Klarinett verwandten kein Auge von ihnen. Jetzt bemerkten sie, wie die Fremden, an der Stalltür vorbei, quer über den Hof gingen und in der Gaunersprache miteinander redeten. «Schau», sagte der eine, «haben schöne Klebis (Pferde),

werden Santzen (Edelleute) sein, oder vornehme Kummerer (Kauf-
leute), die nach Leipzig schwänzen (reisen).» – «Eine gute Schwärze
(Nacht)», versetzte der andre, «es schlunt (schläft) noch alles im
Schöcherbeth (Wirtshaus), kein Quin (Hund) bellt, und kein Stroh-
bohrer (Gans) raschelt. Alch (troll dich), wollen die Karosse zerle-
gen, hat vielleicht Messen (Gelder) in den Eingeweiden.»

«Das sind verlaufe Lenninger (Soldaten)», flüsterte Klarinett, «die
kommen bracken (stehlen), ich wollt, ich könnt den Mausköpfen
grandige Kuffen stecken (schwere Schläge geben)!» – «Was Teufel,
verstehst du denn auch das Rotwelsch?» fragte Suppius erstaunt.

Aber da war keine Zeit mehr zu Erklärungen, denn die Lenninger
kamen jetzt gerade auf den Wagen los; der eine schnupperte rings-
herum, ob er nicht einen Koffer oder Mantelsack fände, der andere
aber griff geschwind, damit es sein Gesell nicht merken sollte, nach
der Wagentür. Suppius und Klarinett hielten sie von innen fest, er
konnte sie mühsam nur ein wenig öffnen, wunderte sich, daß es so
schwer ging, und tappte sogleich mit der Hand hinein. Aha, ein
Paar Stiefeln! sagte er vergnügt in sich, des überraschten Suppius
Füße fassend. Indem aber schnappt Klarinett die Tür wie eine Aus-
ter rasch wieder zu, der Dieb hatte kaum so viel Zeit, die gequetsch-
te Hand zurückzuziehn, er meinte in der Finsternis nicht anders,
sein Kamerad hätt ihn geklemmt, weil er ihm den ersten Griff nicht
gönnte. «Was ist das!» rief er zornig und böse diesem zu, «bist ein
Hautz (Bauer) und kein ehrlicher Gleicher (Mitgesell), möchtest
alles allein schöchern (trinken) und mir den leeren Glestrich (Glas)
lassen!» – Der andere, der gar nicht wußte, was es gab, erwiderte
ebenso: «Was barlest (sprichst) du so viel, wenn wir eben was auf
dem Madium (Ort) haben, komm nur her, sollst mir den Hautz wie
gefunkelten Johann (Branntwein) hinunterschlingen!» Da trat plötzlich der Mond aus den Wolken und der Kutscher in die Stalltür,
und die erschrockenen Schnapphähne flogen wie Eidechsen unter
dem Schatten des Hauses zwischen Steinen und Ritzen durch den
Hof und über die Mauer wieder in die alte Freiheit hinaus.

«Nun, die bleiben auch noch draußen am Galgen hängen», meinte Suppius aufatmend. Der schlaftrunkene Kutscher aber, der von
allem nichts bemerkt hatte, siebte im Mondschein den Hafer für
seine Pferde, gähnte laut und sang:

Wann der Hahn kräht auf dem Dache,
Putzt der Mond die Lampe aus,
Und die Stern ziehn von der Wache,
Gott behüte Land und Haus.

Darauf ging der Knecht an den Brunnen im Hofe, pumpte Wasser in den Eimer und kämmte und wusch sich umständlich mit vielem Gegurgel und Geräusch, zu großem Ärger des Suppius, der gerne gesprochen hätte. Endlich kehrte er in den Stall zurück, auch die Schnapphähne ließen sich nicht wieder blicken, und da nun alles stillblieb, sagte Suppius ernst zu Klarinett gewendet: «Hör, junger Gesell, es ist ein löblicher Brauch, Verirrte auf den rechten Weg zu weisen. Du redetest vorhin ziemlich geläufig eine gewisse Sprache – Ex ungue leonem – also glaube ich –»

«Was denn?» unterbrach ihn Klarinett etwas betroffen; «unter den Römern gabs Schnapphähne genug, und Ihr redet doch auch lateinisch.» Aber Suppius, den der Tiefsinn der Nacht angewcht, ließ sich nicht aus seiner feierlichen Verfassung bringen. Er hatte sich in das Wagenfenster gelehnt, den Kopf in die rechte Hand gestützt, die Sterne funkelten durch den Lindenbaum vor dem Hause, von den Bergen rauschte der Wald über die Dächer herein. «Da nimm dir ein Exempel dran», fuhr er fort, «Wälder und Berge stehen nachts in Gedanken, da soll der Mensch sich auch bedenken. Alle weltliche Lust, Hoheit und Pracht, die Nacht hat alles umgeworfen, die wunderbare Königin der Einsamkeit, denn ihr Reich ist nicht von dieser Welt. Sie steigt auf alle Berge und stellt sich auf die Zinnen der Schlösser und schlägt mahnend die Glocken an, aber es hört es niemand als die armen Kranken, und niemand hört die Gewichte der Turmuhr schnurren und den Pendel der Zeit gehen in der stillen Stadt. Der Schlaf probiert heimlich den Tod und der Traum die Ewigkeit. Da hab ich immer meine schönsten –»

Hier überwältigte ihn unversehens der Schlaf, er nickte ein paarmal mit seinem dreieckigen Tressenhut; dann plötzlich ein Weilchen wieder hinausstarrend, in abgebrochenen Sätzen wie eine abgelaufene Spieluhr: «meine schönsten Gedanken», hub er noch einmal an – «in der Nacht, wo Laub und Fledermaus und Igel und Iltis verworren miteinander flüstern – und der Mensch im Traume ihre Sprache versteht.»

Jetzt aber hatte die Nacht ihn selber umgeworfen. Klarinett horchte noch immer hin, denn es war ihm wirklich bei den Worten, als hört er des Einsiedlers Glöcklein fern überm Wald. Er zog, da Suppius nun fest schlief, das Wagenfenster vorsichtig wieder auf, dann lehnte er in Gedanken die Stirn an die Scheibe, da hörte er vom Stall her wieder das einförmige Schnurzen der Pferde beim Futter, und über ihm rauschte der Baum und seitwärts die Saale hinter dem Hause fort und immerfort, bis auch er endlich vor großer Ermüdung einschlummerte. -

Ruck! - stießen da auf einmal beide so hart mit den Köpfen aneinander, daß es dröhnte. Suppius blickte wild nach allen Seiten um sich und wußte durchaus nicht, wo er war. Als er sich aber endlich auf seine Liebste und die ganze Entführungsgeschichte wieder besonnen hatte, sagte er verwirrt: «Was ist das, Klarinett? wir fahren ja, ich glaube gar, nun werden wir selbst entführt.» – «Ja, und gerade in einen Wald hinein», erwiderte Klarinett nicht weniger verwundert, «Seht nur, vier prächtige Rosse vor dem Wagen und der fromme Kutscher drauf.» – «Mit einem goldbordierten Hut», sagte Suppius wieder, «und hinter uns aus der Stadt krähen uns die Hähne nach, als wollten sie uns foppen, mir scheint, ich wittre schon Morgenluft.» – «Freilich, aber die Fledermäuse schwirren noch durch die Dämmerung», versetzte Klarinett, plötzlich aufmerksamer zur Seite blickend, «da schaut nur zwischen die Bäume, da noch einer, dort wieder einer: bei Gott, das sind die Bärenhäuter von heute nacht, die halten Euch gewiß für den reisenden Kavalier.»

Indem aber fiel auch schon ein Schuß aus dem Walde und gleich darauf noch ein zweiter. Der Kutscher duckte sich, die Kugel pfiff über ihn weg, er peitschte heftig in die Pferde, Suppius schrie voll Wut aus dem Wagen: «Fehlgeschossen, ihr Narren! ich bins ja nicht!» Der Kutscher, da er zu seinem großen Erstaunen auf einmal fremde Leute im Wagen bemerkte, die er gleichfalls für Strauchdiebe hielt, warf sich nun ohne weiteres aus dem Sattel, überkugelte sich ein paarmal im Graben und war dann schnell im Dickicht verschwunden. Über dem Lärm aber wurden die ledigen Pferde ganz wild, die Räuber fluchten, die Kugeln pfiffen, Suppius drohte, so sausten sie unaufhaltsam dahin, man hört es noch lange durch die heitere Morgenstille rumpeln und schimpfen.

Waldesrauschen

In einer warmen Sommernacht schlief ein Mädchen im Wald, sie hatte den Kopf über den rechten Arm auf ihr Tamburin gelegt und das Gesicht gegen den Tau mit der Schürze bedeckt, ein Pferd weidete daneben, weiterhin lag ein junger Bursch, der wendete sich manchmal und redete unverständlich im Schlaf. Zwischen den Bäumen aber flog das erste halbe Morgenlicht schon schräg über den luftigen Rasen, ein paar Rehe, die in der Nacht mit den Pferden geweidet, schlüpften raschelnd durch die Dämmerung tiefer in den Wald zurück, sonst war noch alles still.

Auf einmal ertönte ein gellender Wachtelschlag, das Mädchen hob sich rasch, daß die Glöckchen am Tamburin klangen. Es war der Vater, der mit seinem Pfeifchen die Schlafenden weckte. Er stand schon in voller Reisetracht: knappe, blaue Beinkleider mit rotem Paß und eine grüne ungersche Jacke mit gelben Schnüren und blinkenden Knöpfchen nachlässig über die Schulter geworfen, ein ehemaliger Soldat, der nun als Puppenspieler und starker Mann mit den Kindern durchs Land zog.

«Horch», sagte er, «da krähen Hähne in weiter Fernen nach jener Seite hin, die Luft kommt von drüben, da muß ein Dorf sein, der Wald liegt hoch, besteig einmal den Tannenbaum, Seppi, und sieh dich um.» Der Bub reckte und dehnte sich mit beiden Armen in die ungewisse Luft und schüttelte die Locken aus der Stirn, dann kletterte er schnell in den höchsten Wipfel hinauf. Nach einem Weilchen rief er herab: «Da unten ist noch alles nachtkühl und still, es liegt alles durcheinander im tiefen Grund, da haben sie wieder ein Dorf verbrannt.» – «Ja, ja», versetzte der Vater, «der große Schnitter Krieg mäht uns tapfer voran, man hört seine Sense bei Tag und bei Nacht klingen durchs Land, wir geringen Leut haben die Nachlese auf den Stoppeln. Siehst du sonst nichts?» – «In der Ferne ein schönes Schloß überm Wald, die Fenster glitzern herüber.» – «Raucht der Schornstein?» – «Ja, kerzengerad aus den Wipfeln.» – «Gut», versetzte der Vater, «so komm nur wieder herunter, da wollen wir hin.» – Aber im Herabsteigen zögernd, rief der Bursch noch einmal: «Ach, aber da drüben, da liegt das ganze Tal schon im Sonnenschein, jetzt blitzen drunten Hellebarden aus den Kornfeldern,

Landsknechte ziehn nach dem Walde zu, wie schön sie singen!» – «Da ist der Siglhupfer dabei!» sagte das Mädchen freudig. – Der Vater blickte rasch nach ihr herüber, man wußt niemals recht, ob er lächelte oder heimlich schnappen und beißen wollte, so scharf blitzten manchmal seine Zähne unter dem langen, gewichsten Schnurrbart hervor. «Rauch und Wind!» sagte er, «wer weiß, wo der Siglhupfer schon zerhauen im Graben liegt.» – Das Mädchen aber lachte: «Ihr sprecht immer so barsch, er denkt doch an mich, er ist ein Soldat von Fortüne und kommt wohl wieder, eh wirs denken, als Offizier zu Pferde mit hohen Federn auf dem Hut.»

Währenddes hatte sie ein Stück von einem zerschlagenen Spiegel vor sich an den Baum gelehnt, setzte sich davor ins Gras und flocht ihr langes schwarzes Haar auf zigeunerisch in zierliche Zöpfchen, dabei biß sie von Zeit zu Zeit in eine Wecke und streute einzelne Krümchen über den Rasen für die Vögel, die ihr neugierig aus dem Laube zusahen. Der Vater und Seppi aber zäumten und packten schon das Saumroß, unverdrossen bald einen König-, bald einen Judenbart zurückschiebend, die, in schmählicher Gleichheit durcheinandergeworfen, aus dem löcherigen Puppensack herausdrängten. Dann hauchte der Vater ein paarmal auf ein großes schwarzes Pflaster, das er über das linke Auge und Backe legte, damit er martialischer aussäh und die Leute sich vor ihm fürchteten. Und als endlich alles reisefertig war, schwang er die Tochter in den Sattel, Seppi mußte vorausgehen, er aber führte das Pferd über die Wurzeln und Steine vorsichtig hinter sich am Zügel, und droben auf ihrem luftigen Sitze, das Tamburin neben sich gehängt, baumelte das Mädchen vergnügt mit den Füßchen und freute sich über ihre neuen roten Halbstiefel; manchmal streifte ihr ein Zweig Stirn und Wange, daß sie wie eine Blume ganz voll Tauperlen hing. Da stimmte Seppi vorne lustig an:

> Der Wald, der Wald, daß Gott ihn grün erhalt,
> Gibt gut Quartier und nimmt doch nichts dafür!

Und das Mädchen antwortete sogleich:

> Zum grünen Wald wir Herberg halten,
> Denn Hoffart ist nicht unser Ziel,

Im Wirtshaus, wo wir nicht bezahlten,
Es war der Ehre gar zu viel,
Der Wirt, er wollt uns gar nicht lassen,
Sie ließen Kanne und Kartenspiel,
Die ganze Stadt war in den Gassen,
Und von den Bänken mit Gebraus
Stürzt die Schule heraus,
Wuchs der Haufe von Haus zu Haus,
Schwenkt die Mützen und jubelt und wogt
Der Hatschier, die Stadtwacht, der Bettelvogt,
Wie wenn ein Prinz zieht auf die Freit,
Gab alles, alles uns fürstlich Geleit.
Wir aber schlugen den Markt hinab
Uns durch die Leut mit dem Wanderstab
Und hoch mit dem Tamburin, daß es schallt –

Und der Puppenspieler und Seppi fielen jubelnd ein:

Zum Wald, zum Wald, zum schönen grünen Wald!

Das Mädchen sang wieder:

Und da nun alle schlafen gingen,
Der Wald steckt seine Irrlicht an,
Die Frösche tapfer Ständchen bringen,
Die Fledermaus schwirrt leis voran,
Und in dem Fluß auf feuchtem Steine
Gähnt laut der alte Wassermann,
Strählt sich den Bart im Mondenscheine
Und frägt ein Irrlicht, wer wir sind?
Das aber duckt sich geschwind,
Denn über ihn weg im Wind
Durch die Wipfel der wilde Jäger geht,
Und auf dem alten Turm sich dreht
Und kräht der Wetterhahn uns nach:
Ob wir nicht einkehrn unter sein Dach?
O Gockel, verfallen ist ja dein Haus,
Es sieht die Eule zum Fenster heraus,
Und aus allen Toren rauschet der Wald,

Der Wald, der Wald, der schöne grüne Wald!
Und wenn wir müd einst, sehn wir blinken
Eine goldne Stadt still überm Land,
Am Tor Sankt Peter schon tut winken:
«Nur hier herein, Herr Musikant!»
Die Engel von den Zinnen fragen,
Und wie sie uns erst recht erkannt,
Sie gleich die silbernen Pauken schlagen,
Sankt Peter selbst die Becken schwenkt,
Und voll Geigen hängt
Der Himmel, Cäcilia an zu streichen fängt,
Dazwischen hoch vivat! daß es prasselt und pufft,
Werfen die andern vom Wall in die Luft
Sternschnuppen, Kometen,
Gar prächtige Raketen,
Versengen Sankt Peter den Bart, daß er lacht,
Und wir ziehen heim, schöner Wald, gute Nacht!

Und zum Chor machte der Puppenspieler mit dem Munde prasselnd das Feuerwerk nach, und Seppi schmetterte mit einem Pfeifchen wie eine Nachtigall, und die Tochter schwang ihr Tamburin schwirrend dazwischen; so zogen sie wie eine Bauernhochzeit durch den Wald in den aufblitzenden Morgen hinunter, als zögen sie schon ins Himmelreich hinein.

Als sie aber am Rand des Waldes zu sein vermeinten, fing jenseits der Wiese schon wieder ein andrer an, die Heiden waren ohne Weg, die Bäche ohne Steg, manchmal ward ihnen, wie wenn sie Hunde bellen hörten aus der Ferne und Stimmen gehn im Grund, das Schloß aber, wohin sie zielten, stand bald drüben, bald dort, immer neue Schluchten dazwischen, als wollt es sie foppen. Und so war es fast schon wieder Abend geworden, als sie endlich, aus einem verworrenen Gebüsch tretend, auf einmal die Burg ganz nahe vor sich sahen.

Sie schauten sich erst nach allen Seiten um, eine Allee von wilden Kastanien führte nach dem Tor, man konnte bis in den gepflasterten Hof und im Hofe einen Brunnen und Galerien rings an dem alten Hause sehen, es rührte sich aber nichts darin. «Ich weiß nicht, Denkeli», sagte der Puppenspieler nach einem Weilchen zur Tochter, «das kommt mir doch kurios vor mit dem Schloß, das hängt ja alles so liederlich, die Sparren vom Dach und die Laden aus den Fenstern, als wär auch schon der Kriegsbesen darübergefahren.» – Indem schlug die Uhr vom Turme langsam durch die große Einsamkeit. «Da muß aber doch jemand wohnen, der die Uhr aufzieht», sagte Denkeli. – «Das tun die Toten bei Nacht in solchen Schlössern», erwiderte der Vater verdrießlich.

Darüber waren sie an ein altes Gittertor gekommen und blickten durch die ehemals vergoldeten Stäbe in den Schloßgarten hinein. Da lag alles einsam und schattigkühl, Regen, Wind und Sonnenschein waren, wie es schien, schon lange die Gärtner gewesen, die hatten einen steinernen Neptun aufs Trockne gesetzt und ihm eine hohe grüne Mütze von Ginster bis über die Augen gezogen, wilder Wein, Efeu und Brombeer kletterten von allen Seiten an ihm heran, eine Menge Sperlinge tummelte sich lärmend in seinem Bart, er konnt sich mit seinem Dreizack vor dem Gesindel gar nicht mehr erwehren. Und wie er so sein Regiment verloren, reckten und dehnten sich auch die künstlich verschnittenen Laubwände und Baumfiguren aus ihrer langen Verzauberung phantastisch mit seltsamen Fühlhörnern, Kamelhälsen und Drachenflügeln in die neue Freiheit hinaus, und mitten unter ihnen auf dem Dach eines halbverfallenen Lusthauses saß melancholisch ein Pfau noch aus der vorigen Pracht und rief der untergehenden Sonne nach, als hätte sie ihn hier in der Wildnis vergessen. Auf einmal aber tat es einen leuchtenden Blitz durchs Grün, eine wunderschöne Dame erschien tiefer im Garten, durch die stillen Gänge nach dem Schlosse zu wandelnd, ganz allein in prächtigem Gewande, ihr langes Haar wallte ihr wie ein goldener Mantel über die Schultern, die Abendsonne blitzte noch einmal leuchtend über das kostbare Geschmeide auf Stirn und Gürtel. Denkeli blickte sie scheu, doch unverwandt an, sie dachte an die vorigen Reden des Vaters, es war ihr, als ginge die Zauberin dieser Wildnis vorüber. Die Dame aber bemerkte die Wanderer nicht, sie sah ein paarmal zurück nach ihrer taftenen Schleppe, die schlängelnd hinter ihr herrauschte, und verlor sich dann wieder zwischen den Bäumen.

Jetzt hörten sie zu ihrem Erstaunen plötzlich auch Stimmen am Schloß, sie gingen eilig hin und bemerkten nach langem Umherirren endlich einen Balkon zwischen den Wipfeln, der nach dem Walde herausging. Dort sahen sie einige Herren an dem steinernen Geländer stehen, die Dame aus dem Garten schien auch bei ihnen zu sein; aber sie konnten nichts deutlich erkennen, denn die Linde, die in voller Blüte stand, reichte bis an den Balkon, und die Abendsonne funkelte blendend dazwischen. Der Puppenspieler war auf alle Glücksfälle vorbereitet, er zog schnell seine Orgelpfeife, die er vor den Mund band, und eine Geige hervor, Seppi einen Triangel und Denkeli ihr Tamburin, und so stellten sie sich unter die Bäume und brachten gleich den Herrschaften ein Ständchen. Denkeli sah dabei öfters scharf hinauf; auf einmal ließ sie, mitten in dem Geschwirre abbrechend, Arm und Tamburin sinken, sie hatte in größter Verwirrung in dem einen Kavalier droben den Siglhupfer erkannt, sie sah, wie er galant und scharmant sich neigte und beugte und mit der Dame parlierte, sie konnt es gar nicht begreifen. Der Vater stieß sie ein paarmal mit dem Ellbogen an, sie sollte zu singen anfangen, aber sie warf das Köpfchen trotzig empor und wollte durchaus nicht, und dem Vater mochte sie die Ursach nicht sagen, denn er lachte sie immer aus mit ihrer Liebschaft. Während dem Hinundherwinken aber kam auch schon eine Kammerjungfer schnell aus dem Schloß herunter und brachte ihnen einen Krug Wein und jedem einen Rosenobel sauber in Papier gewickelt mit der Botschaft, ihre Herrschaft sei heute gar nicht wohl und zu müde, um die Musik anzuhören, auch sei im ganzen Hause kein Unterkommen für sie zur Nacht.

«Seht Ihr, sie mögen meinen Gesang ja nicht», sagte Denkeli zum Vater; sie dachte bei sich, Siglhupfer habe sie erkannt und wolle sie nur los sein, weil er sich ihrer schäme vor der vornehmen Dame.

Der Puppenspieler zuckte, ohne zu antworten, ein paarmal zornig mit den buschigen Augenbrauen, trank aber doch auf die Gesundheit der Dame und reichte drauf den Krug der Tochter, die ihn mit der Hand von sich stieß. So stritten sie heimlich untereinander, der Vater zankte noch immer über Denkelis Eigensinn, dann packte er heftig seine Instrumente zusammen, um weiterzuziehn, sie wußten nicht wohin in der fremden Gegend. Über ihnen aber stimmten die Bienen im Wipfel, und hinter den Blüten droben plauderten und lachten die Herrschaften in der schönen Abendkühle und machten sich lustig über die Bettelmusikanten, Denkeli erkannte Siglhupfers Stimme darunter recht gut, das schnitt ihr durch die Seele! Manchmal sah sie auch seinen Federhut und die Locken und den Schmuck der Dame durch die Zweige schimmern, es war ihr alles wie ein Traum. Im Weggehn fragte sie die Jungfer noch: «Wer ist denn der junge Herr da droben?»

«Ei, Ihr kommt wohl von weit her?» erwiderte diese, «das ist ja der Herr Rittmeister von Klarinett, der Bräutigam des gnädigen Fräuleins.»

Das verzauberte Schloß

Der Schall einer Trompete gab das Zeichen zur Tafel. Eine Flügel-
tür tat sich plötzlich auf, und Suppius, in goldbrokatenem Staats-
kleid leuchtend, einen Federhut in der einen Hand, führte an der
andern eine prächtige Dame, von kostbaren Armbändern, Halsket-
ten und Ohrgehängen umblitzt und umbommelt, daß man nicht
hinsehen konnte, wenn die Sonne daraufschien. Sie stiegen beide
feierlich eine steinerne Treppe in den großen alten Gartensaal hinab,
ein Hündchen mit silbernen Schellen um den Hals trat oft der Dame
auf die schwere Schleppe, die von Stufe zu Stufe hinter ihnen herrauschte. Klarinett folgte in reicher Offizierskleidung: in dunkel-
grünem Samt mit geschlitzten Ärmeln, einem Kragen von Brüßler
Kanten darüber und den Hut mit goldner Spange und nickenden
Federn schief auf den Kopf gedrückt, es paßte ihm alles prächtig. Er
spielte vornehm mit einer Reitgerte und nickte kaum, als ihm der
Diener der Dame meldete, daß sein Reisegepäck gehörig unterge-
bracht sei.

Im Saale aber war der Tisch schon gedeckt, sie nahmen mit großem Geräusch und unter vielen Komplimenten Platz auf den
schweren rotsamtenen Sesseln mit hohen, künstlich geschnitzten
Lehnen. Klarinett überblickte unterdes erstaunt die Tafel, da gabs so
wunderliche Pracht, abenteuerlich gehenkelte Krüge, hohe, altmo-
disch geschliffene Stengelgläser von den verschiedensten Farben
und Gestalten, seltsam getürmte Speisen und Schaugerichte und
heidnische Götter von Silber dazwischen, die Pomeranzen in den
Händen hielten. Seitwärts aber stand die Tür auf, daß man weit in
den Garten sehen konnte, die Sonne funkelte in den Gläsern, der
Diener eilte mit Schüsseln und vergoldeten Aufsätzen flimmernd
hin und her, und draußen sangen die Vögel dazu, und vor der Tür
saß ein Pfau auf der marmornen Rampe und schlug ein prächtiges
Rad.

So saßen sie lange in freudenreichem Schalle, da hub Fräulein
Euphrosine (so war die Dame genannt) mit freundlicher Gebärde
an: Sie könne sich noch immer nicht dreinfinden, denn es käme
selten ein Fremder in diese Einsamkeit, und keiner so seltsam, als
ihre beiden Gäste, die, wie sie versicherte, heut beim ersten Mor-

gengrauen vom Walde quer übers Feld plötzlich mit vier schäumenden Rossen ohne Kutscher mitten in den Schloßhof und gewiß auch am andere Ende wieder hinausgeflogen wären, hätten sie nicht am Torpfeiler Achse und Deichsel gebrochen. – Klarinett, mit zierlichen Reden den verursachten Schreck entschuldigend, erzählte nun, sie seien fremde Kavaliere, die, vom Westfälischen Frieden nach ihren Herrschaften reisend, in jenem Wald von Räubern überfallen worden, Haushofmeister, Kutscher, Leibhusar, alles sei erschossen; und da das Fräulein auf die Frage, ob sie in Tztschneß hinter Tzquali in Mingrelim bekannt, mit dem Kopf schüttelte, bedauerte er das sehr, denn gerade von dort seien sie her.

Suppius stürzte ein Glas Ungarwein so eilig aus, daß er sich den gestickten Zipfel seiner Halsbinde begoß; es war, als hätte Klarinett mit seinen Lügen ihn plötzlich in einen Strom gestoßen, nun mußte er mit durch oder schmählich vor den Augen der Dame untergehn. Dabei sah er oft das Fräulein bedenklich von der Seite an, sie kam ihm schon wieder auf ein Haar wie seine entführte Geliebte vor, aber er traute sich doch nicht recht, er hatte seine Liebste so selten und immer nur flüchtig am Fenster hinter den Blumen gesehen; so wurde er ganz konfus und wagte es nicht, von der Entführung zu reden. Und als er darauf dennoch mit großer Feinheit die Sommerkühle der vergangenen Nacht pries, gelegentlich einen Seitenblick über jenes mondbeschienene Städtchen warf und endlich leise über den Marktplatz am steinernen Brunnen vorbei zu dem Wirtshaus kam, auf das Fenster zielend, wo ihnen damals der lieblichste Stern erschienen: sah die Dame ihn befremdet an und wußte durchaus nicht, was er wollte. Aber Suppius war einmal im Zuge ausbündiger Galanterie. «Was frag' ich noch nach Sternen!» rief er aus, «flogen wir doch auf vergoldeten Rädern Fortunas aus Nacht zu Aurora, daß ich vor Blendung noch nicht aufzublicken vermag.» – Da schlug das Fräulein mit einem angenehmen Lächeln die schönen Augen nieder, Suppius, entzückt, griff hastig nach ihren Fingerspitzen, um sie zu küssen, warf aber dabei mit dem breiten Aufschlag seines Ärmels dem silbernen Cupido die Pomeranze aus der Hand, und wie er sie haschen wollte, verwickelte er sich mit Sporen und Degenspitze unversehens ins Tischtuch, alle Gläser stießen auf einmal klirrend an, als wollten sie seine Gesundheit ausbringen, der Cupido stürzte und riß einen Weinkrug mit, das Hündchen bellte, der Pfau draußen schrie. Euphrosine aber mit flüchtigem Erröten stand rasch auf, die Tafel aufhebend, indem sie dem Klarinett ihren Arm reichte.

Sie traten vor die Saaltür auf die Terrasse, von der eine breite Marmortreppe nach dem Garten führte. Eine Eidechse, als sie herauskamen, fuhr erschrocken zwischen die Ritzen der Stufen, aus denen überall das Gras hervordrang, seitwärts stand ein alter Feldstuhl, eine Zither lehnte daran. Als Suppius, der noch immer den Aufruhr an der Tafel mit seinen weiten Alamodeärmeln ausführlich zu entschuldigen beflissen war, das Instrument erblickte, stockt er auf einmal und entfernte sich schnell wie einer, der plötzlich einen guten Einfall hat. Das Fräulein aber ließ sich in der Tür auf dem Feldstuhl nieder, Klarinett, die Zither auf den Knien prüfend und stimmend, setzte sich auf die Stufen zu ihren Füßen, daß der Pfau von dem steinernen Geländer ihm mit seinem schlanken Hals über die Schulter sah. Draußen aber war es unterdes kühl geworden, der ganze Garten stand tief in Abendrot, während die Täler schon dunkelten, auch der Pfau steckte jetzt den Kopf unter die Flügel zum Schlaf, die Luft kam über den Garten und brachte den Schall einer Abendglocke aus weiter Ferne. Da fiel dem Klarinett in dieser Abgeschiedenheit eine Sage ein, die er unten in den Dörfern gehört, und da das Fräulein sie wissen wollte, erzählte er von einem verzauberten Schlosse des Grafen Gerold; da wüchse auch das Gras aus den Steinen, da sänge kein Vogel ringsum, und kein Fenster wurde jemals geöffnet, man höre nichts als den Wetterhahn sich drehn und den Zugwind flüstern und zuweilen bei großer Trockne das Getäfel krachen im Schloß, so stünd es öde seit hundert Jahren, als redet es mit geschlossenen Augen im Traum. – Jetzt hatte er die Zither in Ordnung gebracht. – «Es gibt auch eine Weise darauf», sagte er, und sang:

Doch manchmal in Sommertagen
Durch die schwüle Einsamkeit
Hört man mittags die Turmuhr schlagen
Wie aus einer fremden Zeit.

Und ein Schiffer zu dieser Stunde
Sah einst eine schöne Frau
Vom Erker schaun zum Grunde –

Er rudert schneller vor Graun.

Sie schüttelt die dunkeln Locken
Aus ihrem Angesicht:
«Was ruderst du so erschrocken,
Behüt dich Gott, dich mein ich nicht.»

Sie zog ein Ringlein vom Finger,
Warfs tief in die Saale hinein:
«Und der mir es wiederbringet,
Der soll mein Liebster sein!»

Hier gewahrte Klarinett auf einmal, daß das Fräulein, wie in tiefes Nachsinnen versunken, aufmerksam den kostbaren Demantring betrachtete, den er mit dem andern Staat in der fremden Karosse gefunden und leichtsinnig angesteckt. Er stutzte einen Augenblick, das Fräulein aber, als hätte sie nichts bemerkt, fragte mit seltsamem Lächeln nach dem Ausgang der Sage. Klarinett, etwas verwirrt, erzählte weiter: «Und wenn nun der Rechte mit dem Ringe kommt, hört die Verzauberung auf, aus den Winkeln der stillen Gemächer erheben sich überall schlaftrunken Männer und Frauen in seltsamen Trachten, das öde Schloß wird nach und nach lebendig, Diener rennen, die Vögel singen wieder draußen in den Bäumen, und dem Liebsten gehört das Land, so weit man vom Turme sehn kann.»

Bei diesen Worten fiel auf einmal draußen ein Waldhorn ein; der galante Suppius war es, er zog in seinem Goldbrokat wie ein ungeheurer Johanniswurm durch den finstern Garten, als wollt er mit seinen Klängen die Nacht anbrechen, die nun von allen Seiten prächtig über die Wälder heraufstieg, Schloß, Büsche und Garten wurden immer wunderbarer im Mondschein, und wenn die Luft die Zweige teilte, blinkte aus der Tiefe unterm Schloß die Saale herauf, und das Geschmeide und die Augen des Fräuleins blitzten verwirrend dazwischen. – Da hub plötzlich die Uhr vom Turme zu schlagen an. Klarinett fuhr unwillkürlich zusammen, in demselben Augenblick glaubte er einen flüchtigen Händedruck zu fühlen, und als er verwundert aufsah, traf ihn ein funkelnder Blick der Dame.

Indem aber trat der Diener mit einer Kerze hinter ihnen in den Saal, um die Fremden ins Schlafgemach zu geleiten, die Dame erhob sich zierlich und gemessen wie sonst und war nach einer freundli-

chen Verbeugung schnell durch eine innere Tür des Saals verschwunden. Doch als Klarinett sich betroffen wandte, ging eben der
Mond aus einer Wolke und beschien hell das steinerne Bildwerk
über der Tür: es war wirklich das ihm wohlbekannte Wappen des
Grafen Gerold. – Was ist denn das? dachte er erschrocken, am Ende
hab ich da selber den Ring.

Am folgenden Tage hielt ers fast für einen Traum, so ganz anders
sah die Welt aus, der Morgen hatte alles wieder mit Glanz und Vogelschall verdeckt, nur das unheimliche Wappen über der Tür blieb
aus jener Nacht und der Zauberblick der Dame. Er hatte sich in dem
Wetterleuchten ihrer Augen nicht geirrt, sie spielten munter fort,
ihre Liebe zu Klarinett brach rasch aus wie der Frühling nach einem
warmen Gewitterregen. Und so ließ er denn auch alles gut sein und
wollte mit Grübeln das Glück nicht versuchen, das ihm so unversehens über den Kopf gewachsen.

Dem Suppius aber ging es über den seinigen weg, ohne daß ers
merkte. Jeden Morgen putzte er sich, mit Rat und Beistand des
mutwilligen Klarinett, auf das sorgfältigste heraus und probierte
vor dem Wandspiegel insgeheim artige Stellungen. Aber bis Mittag
war doch alles wieder schief und verschoben, das vornehme Kleid
der guten Lebensart saß ihm, als wär er in der Eile mit einem Arm
in den falschen Ärmel gefahren. Manchmal fielen ihm auch plötzlich die Wissenschaften wieder ein, da erschrak er sehr und verwünschte alle Abenteuer, die er doch immer selber wieder anzettel-
te. Dann ergriff er hastig das dicke Buch, das in der Tasche seines
Serenadenrockes mitgekommen, damit setzte er sich in die abgele-
gensten Winkel des Gartens ins Gras und schlug das Kapitel auf,
wo er in Halle stehngeblieben. Aber der alte Ungarwein aus dem
Schloßkeller war stärker als er, der ließ die Buchstaben auf magya-
risch vor ihm tanzen und drückte ihm jedesmal die Augen zu und
die Nase ins Buch. Und wenn er aufwachte, steckte zu seinem Erstaunen das Zeichen im Buch immer beim unrechten Paragraphen,
auch glaubte er auf dem Rasen Spuren von Damenschuhen zu bemerken, als hätten ihn Elfen im Schlafe besucht, ja das eine Mal lag,
statt des Zeichens, ein ganzer Strauß brennender Liebe zwischen
den Blättern. Da steckt er ihn triumphierend vorn an die Brust und
sprach den ganzen Tag durch die Blume zu Euphrosine von heimli-
cher Liebe und Hochzeit. Er zweifelte und verwunderte sich nicht,

daß sie in ihn verliebt, und ließ oft gegen Klarinett fallen, wie er darauf bedacht sein werde, ihn hier als seinen Kapellmeister oder Fasanengärtner anzustellen.

Klarinett aber wußt es wohl besser, es kam alles bald zum Ausgang. Denn als er eines Morgens bei einem Spaziergang mit Euphrosine und ihrem Diener auf eine Anhöhe gestiegen, von der man weit ins Land hinaussehen konnte, wies ihm der Diener rings in die Runde die Schlösser, Wälder, Teiche, weidende Herden und Untertanen, die alle seinem Fräulein gehörten. Der Morgen funkelte drüber, die Teiche blickten wie Augen aus dem Grün, alle Wälder grüßten ehrerbietig rauschend herauf, Klarinett war wie geblendet. Da sagte Euphrosine rasch: «Und alles ist dein – wenn du diese Hand nicht verschmähst», setzte sie mit gesenkten Augen kaum hörbar hinzu. Klarinett aber, ganz verblüfft, stürzte auf ein Knie nieder und schwor, so wahr er Kavalier und Rittmeister sei, wolle er sie nimmer verlassen, und ein Kuß auf ihre Hand besiegelte den schönen Bund, und in dem Auge des grauen Dieners zitterte eine Freudenträne.

Nun aber lebten sie alle vergnügt von einem Tag zum andern, da war nichts als Schmausen und Musizieren und Umherliegen über Rasenbänken und Kanapees. Täglich zur selben Zeit lustwandelten sie rauschend in vollem Staate vor dem Schloß, gleichsam leuchtende Zirkel und Namenszüge durch den Garten beschreibend, der mit seinen Schnörkeln von bunten Scherben wie ein Hochzeitskuchen im Sonnenschein lag, im Hofe hatte der blühende Holunderbusch ihre Staatskarosse schon beinah ganz überwachsen, auf der Marmortreppe schlug der Pfau täglich dasselbe Rad, die Vögel sangen immer dieselben Lieder in denselben Bäumen. Und an einem prächtigen Morgen, den er halb verschlafen, dehnte sich Klarinett, daß ihm die Glieder vor Nichtstun knackten; «nein», sagte er, «nichts langweiliger als Glück!»

Fortunas Schildknappen

Zur selben Zeit lag das Dorf, das einst zu dem Schlosse gehört, fern unterm Berg in Trümmern. Es war seit dem letzten Durchzug der Schweden zerstört und verlassen, nun rückte der Wald, den die Bauern so lange tapfer zurückgedrängt, über die verrasten Beete unter Vogelschall mit Stacheln, Disteln und Dornen wieder ein und hatte sich das verbrannte Gebälk schon mit Efeu und wilden Blumen prächtig ausgeschmückt und auf dem höchsten Aschenhaufen einen blühenden Strauch als Siegesfahne ausgestreckt, nur einzelne Schornsteine streckten noch, wie Geister, verwundert die langen, weißen Hälse aus der verwilderten Einsamkeit. Heute aber fing auf einmal der eine Schornstein wieder zu rauchen an, ein helles Feuer knisterte unter demselben, und so oft der Wind den Rauch teilte, sah man in der Glut des Widerscheins wilde, dunkle Gestalten, wie Arbeiter in einem Eisenhammer, mit aufgestreiften Ärmeln vor dem Feuer hantieren, kochen und Bratspieße drehen; einer saß im Grase und flickte sein Wams, ein andrer lag daneben und sah ihm verächtlich zu, den Arm stolz in die Seite gestemmt, daß ihm im Mondschein der Ellbogen aus dem Loch im Ärmel glänzte, während weiterhin zwei holkische Jäger soeben durch das Dickicht brachen und ein frischgeschossenes Reh herbeischleppten. Es waren versprengte Landsknechte, die das Ende des Dreißigjährigen Krieges plötzlich vom Pferd auf den Friedens- und Bettelfuß gesetzt. In solchem Schimpf hatten sie beschlossen, den Krieg auf ihre eigne Faust fortzusetzen und sich mitten durch ihren gemeinschaftlichen Feind, den Frieden, nach Ungarn durchzuschlagen, wo sie gegen den Türken neue Ehre und Beute zu gewinnen hofften.

«Hartes Bett, gemeines Bett!» sagte der Stolze mit dem Loch im Ärmel, «heute ists gerade ein Jahr, es war auch so eine blanke Nacht, da hings nur von mir ab, ich konnte auf kostbaren Teppichen liegen mit eingewirkten Wappen, in jedem Zipfel mein Namenszug in Gold.» -

Da kniff ein grauer Kerl seitwärts den neben ihm liegenden Dudelsack, der plötzlich schnarrend einfiel. – «Ruhe da!» rief ein breiter Landsknecht hinüber, und mehrere Schalke rückten zum Feuer, um den Schreckenberger (so hieß der Stolze) besser zu hören. Dieser warf dem Dudelsack einen martialischen Blick zu und fuhr fort:

«Denkt Ihr noch dran, nach der Schlacht bei Hanau, wie wir da querfeldein mit der Regimentskasse retirierten, nichts als Rauchwirbel in der Ferne und Rabenzüge über uns, in den Dörfern guckten die Wölfe aus den Fenstern, und die Bauern grasten im Wald.» – «Freilich», versetzte der schlaue Landsknecht, «und eine Dame auf kostbarem Zelter, einen Pagen hinter sich, immer neben uns her, und als wir am Abend an einem verbrannten Dorfe haltmachten, kehrte sie auch über Nacht ein in dem wüsten Gartenschloß daneben.» – «Ja, und die Augen», sagte Schreckenberger, «spielten ihr wie zwei Spiegel im Sonnenschein, dich und die andern hats geblendet, ihr wart alle vernarrt in sie. Nun denk ich an nichts und gehe abends am Schloß vorüber, da schreibt sie euch aus dem Fenster ordentlich: ‹Vivat Schreckenberger!› mit den feurigen Blicken in die Luft, und wie ich mich wende, ruft sie: ‹Ach!› und fällt in Ohnmacht vor großer Lieb zu mir. So was war mir schon oft passiert, ich fragt wenig darnach, da ich aber tiefer im Garten bin, kommt plötzlich der Page im Dunkel daher mit einem Brief an mich auf rosenfarbenem Papier.» Hier zog Schreckenberger ein Brieflein aus dem Wams und reichte es mit vornehm zugekniffenen Augen über die Achsel den andern hin. Der Landsknecht nahm es hastig und las: «Im Garten bei Nacht – Das Lusthaus ohne Wacht – Sturmleiter daran – Cupido führt an – Um Mitternacht Runde – Parol: Adelgunde.» -

«Das klappt ja wie ein Trommelwirbel», sagte der Landsknecht, indem er, den Brief zurückgebend, neugierig noch näher rückte, «ja, Cupido hat schon manchen angeführt, nur weiter, weiter!»

«Kurz: Um Mitternacht bin ich auf meinem Posten», hub Schreckenberger wieder an, «im Garten nichts als Mondschein, große Stille, das Lusthaus wies im Briefe steht, droben ein offnes Fenster auf dem Dach, drunten eine Leiter, ich weiß nicht mehr, ob von Sandelholz oder Seide oder Frauenhaaren. Ich fackle nicht lange, die Büchse auf dem Rücken, in jeder Hand ein Pistol, den blanken Säbel zwischen den Zähnen, so klettr ich hinauf -»

«Also du warst es doch!» fiel hier der Landsknecht verwundert ein.

«Nun wer denn sonst?» erwiderte Schreckenberger, «und Jasmin, wie ich hinaufsteige, Rose von Jericho, Holunder, Jelängerjelieber, alles umhalst und umschlingt mich vor Freuden, das riß sich ordentlich um mich, daß ich die Sporen nicht nachbringen konnte, und vom Fenster droben hoben mich plötzlich zwei alabasterne Schwanenarme aus dem Brunnen der Nacht, und über mir ein prächtiges Gewitter von schwarzen Locken, da blitzen Augen und Juwelen draus, und in dem Brunnen gehen immerfort goldne Eimer auf und nieder mit Muskateller und Konfekt, und die Gräfin Adelgunde sitzt neben mir auf einem mit Diamanten gesprenkelten Kanapee, und: ‹Langen Sie zu›, sagte sie, und: ‹oh ich bitte sehr› sag ich – da hör ich auf einmal unter uns in dem Lustpalaste inwendig ein Gesumse wie in einem Bienenstock. ‹Was war das?› ruf ich –»

Jetzt brach plötzlich ein Lachen aus. «Wir warens», sagte einer der Zuhörer, «denn wir steckten ja alle drin, der Page hatte uns alle nacheinander auch ins Lusthaus geladen und drauf die Tür hinter uns verriegelt.»

Aber Schreckenberger, einmal im Strom der Erzählung, ließ sich nicht irremachen; «ich springe auf», fuhr er fort, «'ha, Verrat!' schrei ich –»

Nun sprachen alle rasch durcheinander: «Ja, du machtest einen Teufelslärm auf dem Dache, denn sie hatten hinter dir die Leiter weggenommen, und das Fenster oben war verschlossen.»

«Und die Gräfin in dem einen Arm, den Säbel im andern, und unter mir kochts und zischts und rumpelts –»

«Freilich, im dunklen Lusthaus stießen wir einer auf den andern, und einer fragte den andern trotzig, was er hier suche, und jeder hatte seine Parole Adelgunde, bis wir zuletzt alle aneinander gerieten und aus der Parole ein großes Feldgeschrei und Geraufe wurde.»

«Und ich steche links, steche rechts, die Gräfin, ohnmächtig, ruft: ‹Genug des Gemetzels!› Aber ich laß mich nicht halten und feure prasselnd alle meine Pistolen ab nach allen Seiten wie ein Feuerwerk –»

«Das hörten wir wohl», fiel nun der Landsknecht wieder ein, «und hieltens für einen feindlichen Überfall, da arbeiteten wir und stemmten uns an die verriegelte Tür und die Wände, bis das ganze morsche Lusthaus über uns in Stücken auseinanderging. So kamst du auch kopfüber mit herunter – du machtest einmal Sprünge quer übers Feld fort, ohne dich umzusehn! wir erkannten dich nicht in der Verwirrung und wußten dann gar nicht, wo du auf einmal hingekommen; später hieß es, du wärst zu den Kaiserlichen desertiert in dieser Nacht.»

«Nacht?» fuhr der unverwüstliche Schreckenberger noch immer fort, «ja recht mitten durch die Nacht auf einem schneeweißen Zelter, sich die Tränen wischend mit dem goldbordierten Schleier und mir zuwinkend, flog die dankbar gerettete Gräfin –»

«Mit eurer verlaßnen Regimentskasse in die weite Welt», versetzte einer der holkischen Jäger, «denn es war unsere Marketenderin, die schöne Sinka, die hatts euch allen angetan, das merkte sie wohl und vexierte euch von der Feldwacht fort.»

Schreckenberger schwieg und warf wieder einen martialischen Blick rings in die Runde. Aber der Jäger fuhr fort: «Und gleich am andern Morgen, da wir bei unserem Regiment sie alle kannten, wurden wir kommandiert, ihr nachzusetzen. Das war eine lustige Jagd, wir strichen wie die Füchse auf allen Diebswegen und schüttelten jeden Baum, ob das saubre Früchtchen nicht herabfiele. So kamen wir am folgenden Abend – es war gerade ein Sonntag – in ein kleines Städtchen; da war großes Gewirr auf dem Platz, ein Stoßen und Drängen und Lärm von Trommeln und Pfeifen, in allen Fenstern lagen Damen wie ein Blumengeländer bis an die Dächer herauf, wo die Schornsteinfeger aus den Rauchfängen guckten und vor Lust ihre Besen schwangen. An des Burgemeisters Hause aber war vom Balkon ein Seil gespannt über die Stadt und die Gärten weg bis zum Waldberg jenseits überm Fluß. Ein schlanker Bursch stand auf dem Geländer des Balkons in flimmernder spanischer Tracht mit wallenden Locken. Der alte Burgemeister schien wie vernarrt in das blanke Püppchen, plauderte und nickte ihm freundlich zu, daß die Sonne in den Edelsteinen seines kostbaren Hutes spielte, der Bursch reckte ihm lachend den Fuß hin, er mußte ihm mit einem großen Stück Kreide die Sohlen einreiben. Auf einmal wendet er sich herum: – ‹das ist Sinka!› ruf ich erstaunt meinen Kameraden zu. – Aber sie hatte uns auch schon bemerkt, und eh wir uns durchdrängen können, nimmt sie rasch dem Burgemeister den kostbaren Hut von der Glatze, drückt sich ihn auf die Locken, und zierlich mit zwei bunten Fähnchen schwenkend und grüßend schreitet sie unter großem Jubelgeschrei über Köpfe, Dächer und Gärten fort. Der Abend dunkelte schon, das Seil wurde unkenntlich aus der Ferne, es war, als ginge sie durch die leere Luft, die untergehende Sonne blitzte noch einmal in den Steinen am Hut, so verschwand sie wie eine Sternschnuppe jenseits überm Walde; niemand hat sie wiedergesehn.»

«Meinetwegen, Stern oder Schnuppe!» fiel hier Schreckenberger ein, tat einen Zug aus seiner Feldflasche und sang:

> Aufs Wohlsein meiner Dame,
> Eine Windfahn ist ihr Panier,
> Fortuna ist ihr Name,
> Das Lager ihr Quartier.
>
> Und wendet sie sich weiter,
> Ich kümmre mich nicht drum,
> Da draußen ohne Reiter
> Da geht die Welt so dumm.
>
> Statt Pulverblitz und Knattern:
> Aus jedem wüsten Haus
> Gevattern sehn und schnattern
> Alle Lust zum Land hinaus.
>
> Fortuna weint vor Ärger,
> Es rinnet Perl auf Perl.
> «Wo ist der Schreckenberger?
> Das war ein andrer Kerl!»
>
> Sie tut den Arm mir reichen,
> Fama bläst das Geleit,
> So zu dem Tempel steigen
> Wir der Unsterblichkeit.

Nun schwenkten die andern die Hüte, und: «Vivat das hohe Brautpaar», schrien sie jubelnd, «hoch lebe unser Tempelherr der Unsterblichkeit!» und der Dudelsack schnurrte wieder einen Tusch dazu.

Da schlugen plötzlich die großen Hunde an, die jede Nacht um ihr Lager die Runde machten, die Gesellen horchten auf, es war auf einmal alles totenstill. Man hörte in der Ferne Äste knacken, wie wenn jemand durchs Dickicht bräche, es kam immer näher, jetzt vernahmen sie deutlich Fußtritte und Stimmen, die Wipfel der Sträucher bewegten sich schon, Schreckenberger nahm schnell seine Muskete und zielte nach der Gegend hin.

Plötzlich aber ließ er Arm und Flinte wieder sinken: «ih, Pamphil, wo kommst denn du hergezigeunert?» rief er ganz verwundert aus. Der Puppenspieler trat aus dem Gebüsch, Seppi und Denkeli hinter ihm, die großen Hunde, denen sie Brocken zuwarf, gaben ihnen frei Geleit. Der Puppenspieler visierte erst die ganze Gesellschaft rings im Kreise scharf mit dem einen Auge, dann, da er lauter bekannte Gesichter bemerkte, nahm er das schwarze Pflaster vom andern. «Hast du wieder Mondfinsternis gemacht, um besser zu mausen?» fragte lachend der Landsknecht. – «Wir sind alle im abnehmenden Mond bei dem wachsenden Frieden», erwiderte Pamphil, «Wir haben den faulen Bauern die Felder mit Blut gedüngt, nun schießt alles in Kraut und Rüben, die Welt wird noch ersticken vor Langerweile. Aber was treibt ihr hier, ihr alten Kriegsgurgeln, man hört euch ja eine halbe Meile weit durch die stille Nacht, ich konnt nicht fehlen.»

Nun raschelte es in allen Winkeln, immer mehr wilde Gestalten richteten sich aus dem Dunkel empor, da war des Begrüßens, Händeschüttelns und Fragens kein Ende. Wie sie aber hörten, daß Pamphil soeben von dem Schlosse kam, das sie unterwegs von fern überm Wald gesehn, trat alles um ihn herum, und da er von zwei Kavalieren droben erzählte und von einem schönen Reisewagen im Hofe, mußt er ihnen alles ausführlich beschreiben; sie zweifelten nicht, daß es die beiden Edelleute mit der Karosse seien, die sie vor einiger Zeit bei Nacht in dem Städtchen gesehen und die ihnen dann im Walde mitten durchs Kreuzfeuer ihrer Pistolen so schnöde entwischt.

Unterdes saß Denkeli seitwärts auf einem Baumsturz, den Kopf in die Hand gestützt und ohne sich um die andern zu bekümmern, man wußte nicht, ob sie müde oder traurig. Das stach den Gesellen in die Augen, einige wollten sich galant zeigen und scharrten und gollerten wie aufgeblasene Truthähne um sie herum. Der holkische Jäger, kecker als die andern, schlich sich leis von hinten heran, um das Mädchen zu küssen, da wandt sie sich und gab ihm unversehens eine Ohrfeige, daß es laut klatschte. Der Überraschte griff wütend nach seinem Hirschfänger, aber der Puppenspieler, der alles bemerkt, hatte ihn schon von unten an dem einen Bein gefaßt und hob ihn so, zu allgemeinem Gelächter, mit ausgestrecktem Arm hoch über sich in die Luft. «Bleibt meiner Denkeli vom Leib», rief er mit martialischen Mienen, «oder ich mach meine schönsten Kunststücke an euern eignen Knochen durch.» – «Laßt sie nur», sagte Denkeli, «ich werde schon allein mit ihnen fertig, heute kommen sie mir gerade recht.» – Der Jäger, da er wieder auf dem Boden war, sah den Puppenspieler halb verwundert, halb trotzig vom Kopf bis zu den Füßen an, wie ein Mops, der unverhofft auf einen Bullenbeißer gestoßen.

Denkeli aber blickte scharf zur Seite zwischen die dunkeln Bäume, dort waren die andern unterdes wieder zusammengetreten und redeten heimlich untereinander in der Spitzbubensprache. Eine entsetzliche Ahnung stieg plötzlich in ihrer Seele auf, denn sie hörte von Zeit zu Zeit des reichen Fräuleins auf dem Schloß und der beiden Kavaliere erwähnen. Ihr Herz klopfte; scheinbar gleichgültig am Feuer kauernd und die Flamme schürend, horchte sie mit wachsender Angst hinüber, da erfuhr und erriet sie nach und nach alles: wie sie noch heute den Berg hinaufschleichen, das schlechtverwahrte Schloß im ersten Schlafe überfallen und die Beraubten auf ewig still machen wollten. Auch der Vater trat nun hinzu und schien mancherlei guten Rat zu erteilen.

Denkeli dachte mit Schrecken an Siglhupfer, den sie oben gesehn. Sonst achtete sie wenig auf die Anschläge der Männer, sie war von Jugend dran gewöhnt; jetzt kam ihr auf einmal alles ganz anders und unleidlich vor. Aber zu verhindern wars nicht mehr, das wußt sie wohl, eher hätte sie den Sturmwind im Fluge wenden können. So suchte sie nach kurzem Bedenken unbemerkt die Pistolen des Vaters hervor, lud sie und legte drauf hastig ihren schönsten Putz an, ihre Augen funkelten, und wie sie auf einmal, von den schwarzen Locken umringelt, sich in ihrem Schmuck am Feuer aufrichtete, erschrak alles, so prächtig war sie. Der Vater lobte sie, daß sie etwas auf sich hielt vor den Leuten. Sie erwiderte rasch, sie wisse schon alles, sie habe sich die Gegend wohl gemerkt und wolle nach dem Schloß vorausgehn, um auszukundschaften, ob der Wald sicher, eh die andere nachkämen. Es fiel dem Vater nicht auf, er kannte sie, wie beherzt sie war. Da stand sie noch einen Augenblick zögernd. «Lebt wohl», sagte sie dann aus tiefstem Herzensgrund. Der Vater stutzte bei dem ungewöhnlich bewegten Klang der Stimme und sah ihr in Gedanken nach, aber, ihr Tamburin schwingend, war sie schon im Walde verschwunden.

Viel Lärmen um Nichts

Währenddes ruhte schon alles im Schloß, nur Klarinett konnte vor den vielen schlagenden Nachtigallen im Garten nicht einschlafen. Der Mond schien hell durchs ganze Zimmer, manchmal bewegte die Zugluft die alten Tapeten, und wo sie zerrissen, waren auf den kahlen Wänden, dem Stammbuch müßiger Soldaten, überall Gesichter und Figuren ungeschickt mit Kohle gemalt. Seitwärts in einen weiten damastenen Schlafrock gehüllt, saß er auf dem schweren Himmelbett, an dem Himmel und Betten fehlten, und dachte über seine immer näher heranrückende Vermählung nach. Jetzt öffnete er ungeduldig ein Fenster, der frische Waldhauch wehte ihn plötzlich über die Dächer an, da wars, als wollten die rauschenden Wipfel ihn an ein Lied erinnern, das er früher gar oft in solcher nächtlichen Einsamkeit gesungen. Er besann sich lange, dann stimmte er, halb singend, halb sprechend, leise vor sich an:

> Es ist ein Klang gekommen
> Herüber durch die Luft.

Die Weise wollte ihm durchaus nicht einfallen –

Der Wind hats gebracht und genommen –

Er ärgerte sich, daß er hier alles verlernt, was ihm sonst lieb gewesen, es wurde ihm so heiß und angst, er schobs auf den ungewohnten Ungarwein und eilte endlich aus dem schwülen Gemach, die stille Treppe hinab, durch ein verborgenes Pförtchen ins Freie. Er ging so eilig durch den Garten, daß er sich alle Augenblicke in die weiten Falten des Schlafrockes verwickelte, die Mücken stachen ihn, die Gedanken jagten sich ihm durch die Seele wie die Wolken am Himmel, er wußt sich gar nicht zu retten. «Sei kein Narr, sei kein Narr», sagte er hastig zu sich selbst, «ein Schloß, drei Weiler, vier Teiche und fette Karpfen und Untertanen und Himmelbett – und was macht die Frau Liebste?» – «Danke für höfliche Nachfrage, sie wiegt – ach und die lieben Kleinen? – «sie schrein, und die Wiegen rumpeln – und derweil rauscht der Wald draußen und schilt mich, und die Rehe gucken durch den Gartenzaun und lachen mich aus – ja Wald und Rehe, als wenn das alles nur so zum Einheizen und Essen wär!»

So war er in seinem Eifer mit dem langen Schlafrock mitten ins Dickicht zwischen Dornen und Nesseln geraten, und als er sich umsah, erblickte er wahrhaftig die wunderbare Fei in einem Fensterbogen über sich. Er starrte betroffen hin, denn dieser Teil des Schlosses war völlig wüst und unbewohnt, auch kam die Gestalt ihm jetzt schlanker und ganz anders vor als Euphrosine, sie bog sich weit herüber, als säh sie sich nach jemand um, ihn schauerte. – Da schien sie ihn zu bemerken und verschwand schnell wieder am Fenster.

Jetzt aber hörte er zu seinem Erstaunen eine wunderschöne Stimme singen, bald näher, bald ferner, wie in goldnen Kreisen um das ganze stille Haus. Er stutzte und hielt den Atem an, das Herz wurde ihm so leicht und fröhlich bei dem Klange, die Luft kam vom Schloß, er meinte die Weise zu kennen aus alter Zeit. Da schlug er sich plötzlich vor die Stirn, jetzt wußt er auf einmal das Lied, auf das er sich niemals besinnen konnte, und sang jauchzend aus frischer Brust:

> Es ist ein Klang gekommen
> Herüber durch die Luft,
> Der Wind hats gebracht und genommen,
> Ich weiß nicht, wer mich ruft.

> Es schallt der Grund von Hufen,
> In der Ferne fiel ein Schuß –
> Das sind die Jäger, die rufen,
> Daß ich hinunter muß!

Und auf einmal ganz nahe unter dem Garten antwortete die Stimme:

> Das sind nicht die Jäger – im Grunde
> Gehn Stimmen hin und her,
> Hüt dich zu dieser Stunde!
> Mein Herz ist mir so schwer,
> Wer dich lieb hat, macht die Runde,

Steig nieder und frag nicht wer?
Ich führ dich aus diesem Grunde –
Dann siehst du mich nimmermehr.

Aber Klarinett hatte schon den Schlafrock abgeworfen, er fühlt sich auf einmal so leicht in dem alten Wanderkleid und schaute in das stille Meer der Nacht, als hört er die Glocken gehn von den versunkenen Städten darunter, und aus dem Waldgrund tönte der Gesang immerfort dazwischen:

Ich weiß einen großen Garten,
Wo die wilden Blumen stehn,
Die Engel frühmorgens sein warten,
Wenn alles noch still auf den Höhn,
Manch zackiges Schloß steht darinne,
Die Rehe grasen ums Haus,
Da sieht man weit von der Zinne,
Weit über die Länder hinaus –

Klarinett erkannte die Stimme recht gut, und ganz verwirrt, zwischen den wankenden Schatten der Bäume, stieg er durch den Garten in die mondbeglänzte Einsamkeit hinab, immer tiefer, tiefer, das Schloß war hinter ihm schon versunken.

Nun wurde oben alles wieder totenstill, nur der Wetterhahn auf dem Turm drehte sich unruhig im Winde hin und her, als traute er der falschen Nacht nicht und wollte die Schlafenden warnen. Da raschelt plötzlich etwas in der Ferne, lockeres Steingeröll, wie hinter Fußtritten, rollt schallend in den Abgrund, drauf wieder die alte unermeßliche Stille. Allmählich aber schien das heimliche Geknister ringsum sich zu nähern, manchmal fuhr ein verstörter Waldvogel aus dem Gebüsch, sich erschrocken in wildem Zickzack in die Nachtluft stürzend, da und dort blinkte es wie Stahl auf und funkelten wilde Augen durchs Gesträuch. Jetzt trat eine fremde Gestalt vorsichtig aus den Hecken hervor, ein zweiter und mehrere folgten von allen Seiten, die ganze Bande mit Blendlaternen, Brecheisen, Stricken und Leitern schritt sacht und lautlos dem Schlosse zu. – «Nur immer mir nach hier die Marmorstufen hinauf», flüsterte der Puppenspieler zurück. Sie arbeiteten nun, daß ihnen die Schweißtropfen aus dem struppigen Haar rannen, an der verschlossenen

Tür, um sie unbemerkt zu öffnen. Andere hoben ungeduldig indes die Scheiben aus den Fenstern und legten die Leitern an, eifrig hinansteigend. Indem aber tut auch die Tür sich schon mit Krachen auf, und das ganze Gesindel durch Fenster und Tür stürzt auf einmal mitten in den Gartensaal. – «Das Fräulein!» schreit plötzlich der Puppenspieler: Euphrosine, von ihrem Diener begleitet, erschrocken, mit fliegendem Haar im Widerschein eines Windlichts tritt ihnen rasch entgegen. – «Was Teufel, die tolle Sinka», ruft da der holkische Jäger, und alle stehn wie verzaubert.

Pamphil war der erste, der sich von seinem Erstaunen wieder erholte. «Was ist das, wie kommt ihr hierher?» fragte er den Diener, «ich traf dich doch erst vor kurzem in Halle, es war gerade Geburtstag, glaub ich, und Maskerade in des Grafen Gerold Haus an der Stadtmauer; da sagtest du, du hättest einen Schatz drin.» – «Und den hab ich auch in der folgenden Nacht gehoben aus der Jungfernkammer auf mein Roß», entgegnete der Diener, «denn Sinka war Kammerjungfer im Haus, und ich entführte sie die Nacht nach dem Feste.» – Wie die andern so viel von Schätzen hörten, schrien alle durcheinander: «Da stecke was dahinter, sie wüßtens wohl, Sinka hätte hier auf dem Schloß wie eine Prinzessin gelebt und aus dem gräflichen Hause mehr als ihren Abschied genommen, auch sei sie ihnen noch ihre Regimentskasse schuldig, sie sollte ihnen zur Goldtruhe vorleuchten, oder sie würden ihr das Schloß überm Kopfe anzünden.» Sinka blickte ratlos umher, wie nach einem guten Einfall, denn sie gedachte des in Halle gestohlenen Schmuckkästchens droben unter ihrem Bett und verwünschte im Herzen die beiden Kavaliers und ihr Heiratsprojekt, das sie so lange hier im Schlosse aufgehalten. Doch die Gesellen ließen keine Bedenkzeit, überwacht und in der übelsten Laune stürmten die einen schon die innere Saaltür, die andern wollten das Schlafzimmer der beiden Edelleute aufsuchen, wieder andere verrannten diesen wie jenen den Weg, um die ersten zu sein beim Fange, und jeder zankte auf den Puppenspieler, daß er sie mit seinem falschen Schloßfräulein vexiert. So gerieten endlich alle lärmend, stoßend und über die Marmorstufen sich wieder hinabdrängend, auf dem Gartenplatz vor dem Schlosse wütend aneinander. Vergebens warf sich Sinka dazwischen und schimpfte sie wilde Gänse, die ihr ins Netz fielen und alle Maschen zerrissen, da sie eben einen jungen Goldfasan fangen wollte, morgen sei die Hochzeit mit dem Rittmeister, sie wolle ehrlich mit ihnen teilen. Keiner hörte mehr, alles stach, hieb und raufte in der stockfinstern Nacht, daß die Fetzen flogen und die Funken von den Klingen sprühten.

Da schrie plötzlich Sinka durchdringend auf, mit Entsetzen bemerken sie auf einmal mitten unter sich ein fremdes Gesicht, jetzt wieder eins, bald da, bald dort beim Streiflicht des Mondes immer mehr unbekannte Gestalten, die schweigend mitkämpfen, die eine von furchtbarem Aussehn ingrimmig durch den dicksten Haufen mähend, als föchte der Teufel mit ihnen. Da faßt alle ein unwiderstehliches Grauen, und Sinka voran, stiebt plötzlich der ganze verbissene Knäul wie ein Nachtspuk in die Waldschluchten auseinander.

Nur der grimme Fechter, mit zerhauenem Hute blutend auf ein Knie gesunken, verteidigte sich noch immer gegen die geisterhafte Runde der Unbekannten, die nun allein auf dem Platz zurückgeblieben. Der eine leuchtete ihm mit seiner Fackel unter die herabhängende Hutkrempe: «Ei, Herr Suppius, was machen Sie denn hier!» rief er erschrocken zurückprallend.

Suppius – der bei dem ersten Lärm sich sogleich aus seinem Schlafgemach in das Getümmel gestürzt hatte – blickte im Kreise herum und erkannte nun mit großem Erstaunen einige reichgekleidete Jäger des Grafen Gerold aus Halle, die er damals öfters gesehen, wenn er unter den Fenstern seiner eingebildeten Geliebten vorbeistrich. Sie halfen ihm sogleich wieder auf die Beine, und da sie seine umherschweifenden, fragenden Blicke bemerkten, erzählten sie ihm in aller Geschwindigkeit, wie ihrem Herrn vor kurzem, da er mit seiner Tochter im nächsten Städtchen übernachtet, eine Karosse nebst Effekten, die er auf der Reise vorausgeschickt, verwegen weggeschnappt worden, da seien sie endlich der Diebesbande auf die Spur gekommen und ihr immer dicht auf den Fersen bis hier zu des Grafen wüstem Jagdschloß gefolgt.

«Des Grafen Schloß?» fragte Suppius ganz verwirrt. Aber er hatte nicht Zeit, sich lange zu verwundern. «Wo ist der Samson, der die Philister geschlagen?» rief ein stattlicher Herr im Garten. Es war Graf Gerold selbst, der, sich rasch vom Pferde schwingend, herzutrat und den abenteuerlichen Studenten mit heimlichem Lächeln betrachtete. Hinter ihm hielt seine Tochter, im ersten Morgenlicht mit den wallenden Federn vom Zelter nickend. – Das ist sie wirklich und leibhaftig! – dachte Suppius überrascht.

Nun war unter den Schalken ringsum viel Rühmens von dem wütenden Studenten, der wie ein Sturmwind das Gesindel auseinandergeblasen. Indem hatten die Jäger im Schloßhofe auch die verschwundene Karosse entdeckt, andre brachten soeben den verlorenen Reisekoffer mit den Staatskleidern und das gestohlene Schmuckkästchen herbei. Der lustige Graf, ohne lange zu kramen, zog sogleich eine schwere goldne Kette hervor, aus lauter St. Jürgen und Lindwürmern künstlich zusammengefügt, und reichte sie seiner Tochter, die mußte sie feierlich dem tapfern Retter des Schlosses um den Hals hängen. Dann gab er seinen Leuten einen Wink. Da setzten sie rasch die Trompeten an und bliesen dem Suppius zu Ehren einen schmetternden Tusch, während die andern, eh er sichs versah, ihn auf ihre Schultern schwangen und so im Triumph ins Schloß zum Frühstück trugen.

Unterdes war der Tag schon angebrochen, Suppius konnte von seinem lustigen Sitz weit über die Hecken weg ins Tal schauen. Da sah er, zu neuem Erstaunen, unter seinen Gefährten Klarinett zu Roß, seine Denkeli vor sich im Sattel, wie einen Morgenblitz am Saum des Waldes dahinfliegen. Siglhupfer (denn niemand anders war Klarinett) hatte sich nicht getäuscht: Denkeli, entschlossen, mit Gefahr ihres eigenen Lebens ihn zu warnen und zu retten, war die singende Fei im Fenster gewesen – nun verstand er erst die Sage; so weit man vom Turm des Schlosses sehen konnte, es war ja alles, alles wieder sein!

Oben aber schmetterten jetzt von frischem die Trompeten Vivat- und Jubelgeschrei, und hinter sich sah Suppius die Hüte schwenken und Weinflaschen blinken und die schönen Augen der jungen Gräfin dazwischen funkeln. – So hatte er, wie man die Hand umdreht, sein Glück gemacht. – Siglhupfer aber blieb fortan in den Wäldern selig verschollen.

Über tredition

Eigenes Buch veröffentlichen

tredition wurde 2006 in Hamburg gegründet und hat seither mehrere tausend Buchtitel veröffentlicht. Autoren veröffentlichen in wenigen leichten Schritten gedruckte Bücher, e-Books und audio-Books. tredition hat das Ziel, die beste und fairste Veröffentlichungsmöglichkeit für Autoren zu bieten.

tredition wurde mit der Erkenntnis gegründet, dass nur etwa jedes 200. bei Verlagen eingereichte Manuskript veröffentlicht wird. Dabei hat jedes Buch seinen Markt, also seine Leser. tredition sorgt dafür, dass für jedes Buch die Leserschaft auch erreicht wird.

Im einzigartigen Literatur-Netzwerk von tredition bieten zahlreiche Literatur-Partner (das sind Lektoren, Übersetzer, Hörbuchsprecher und Illustratoren) ihre Dienstleistung an, um Manuskripte zu verbessern oder die Vielfalt zu erhöhen. Autoren vereinbaren direkt mit den Literatur-Partnern die Konditionen ihrer Zusammenarbeit und partizipieren gemeinsam am Erfolg des Buches.

Das gesamte Verlagsprogramm von tredition ist bei allen stationären Buchhandlungen und Online-Buchhändlern wie z. B. Amazon erhältlich. e-Books stehen bei den führenden Online-Portalen (z. B. iBookstore von Apple oder Kindle von Amazon) zum Verkauf.

Einfach leicht ein Buch veröffentlichen: **www.tredition.de**

Eigene Buchreihe oder eigenen Verlag gründen

Seit 2009 bietet tredition sein Verlagskonzept auch als sogenanntes "White-Label" an. Das bedeutet, dass andere Unternehmen, Institutionen und Personen risikofrei und unkompliziert selbst zum Herausgeber von Büchern und Buchreihen unter eigener Marke werden können. tredition übernimmt dabei das komplette Herstellungs- und Distributionsrisiko.

Zahlreiche Zeitschriften-, Zeitungs- und Buchverlage, Universitäten, Forschungseinrichtungen u.v.m. nutzen diese Dienstleistung von tredition, um unter eigener Marke ohne Risiko Bücher zu verlegen.

Alle Informationen im Internet: **www.tredition.de/fuer-verlage**

tredition wurde mit mehreren Innovationspreisen ausgezeichnet, u. a. mit dem Webfuture Award und dem Innovationspreis der Buch Digitale.

tredition ist Mitglied im Börsenverein des Deutschen Buchhandels.

Dieses Werk elektronisch lesen

Dieses Werk ist Teil der Gutenberg-DE Edition DVD. Diese enthält das komplette Archiv des Projekt Gutenberg-DE. Die DVD ist im Internet erhältlich auf **http://gutenbergshop.abc.de**

Zeitfracht Medien GmbH
Ferdinand-Jühlke-Straße 7
99095 Erfurt, Deutschland
produktsicherheit@kolibri360.de